FABULA
299

Rosa Matteucci

Costellazione
familiare

ADELPHI EDIZIONI

© 2016 ADELPHI EDIZIONI S.P.A. MILANO

WWW.ADELPHI.IT

ISBN 978-88-459-3057-7

Anno					Edizione						
2019	2018	2017	2016		1	2	3	4	5	6	7

COSTELLAZIONE FAMILIARE

«Dopo aver creato il cane, Dio si fermò un istante a contemplarlo nelle sue incertezze e nei suoi slanci, annuì e seppe che era cosa buona, che non aveva tralasciato nulla, che non avrebbe potuto farlo meglio».

Rainer M. Rilke

1

Potete scommetterci: se mi avessero lasciato scegliere la famiglia in cui nascere, mi sarei chiamata Coot, il cognome di Nonna Papera da signorina. Come i personaggi dei fumetti Disney sarei venuta al mondo senza madre né padre, orfana naturale, non avrei ereditato la malattia chiamata genitori. Nei sobborghi di Paperopoli nessuno mi avrebbe sorpresa intenta a impastare tortine di sabbia, cacca, sassolini e fiori di oleandro. Da bambina sono stata piccola vestale dei cani, presiedevo alle esequie casalinghe e lasciavo quindicinali offerte votive sulle loro tombe. Con le mie disgustose frittelle ho accompagnato le loro animucce sante nel viaggio verso il regno dei morti. Ancora oggi conservo il quaderno dalla copertina violetta ove sono registrate le biografie dei cani appartenuti alla mia famiglia a partire dal 1897, anno della nascita di Marko. Sono consapevole che per avere una vita fortunata non ci voleva chissà quale karma. Bastava un leggero tratto di matita per disegnarmi come Paperino, Gastone e Paperoga. Così sarei stata nipote della papera antropomorfa, papera io stessa, e mi sarei salvata. Invece sono nata cane umano, nipote del sor Checco e della contessa Maria Francesca, nella superstite villa di campagna al culmine del kali yuga.

Quando Matteo Boe rapì Farouk Kassam, mio fratello Leporì non era ancora nato. Nei mesi del sequestro, che ebbe il suo acme nel tradizionale invio per posta di un lembo di orecchio del piccolo, recapitato a un prete, i coniugi Kassam furono intervistati e fotografati sempre con un buffo canetto ansimante fra i piedi. La prigionia si trascinò fino a luglio e, il giorno della liberazione di Farouk, il canettaccio era finalmente tra le braccia del bambino. In autunno Boe fu arrestato in Corsica. L'irsuto fuggiasco fumava una pipa di radica come Rémonencq, il terribile alverniate del *Cugino Pons*, e come un certo Marino del Rimps – versione orvietana per Inps, Istituto Nazionale della Previdenza Sociale, ove lo scellerato lavorava part-time e mio nonno lo cercava sempre quando non era in servizio.

Relegate nella topaia di campagna, avvilente ostello per contesse decadute, mia madre e io guardavamo bramose i telegiornali solo per ammirare il cane della famiglia Kassam; nessuna di noi manifestò mai alcun sentimento di *pietas* per il rapitino né misericordia per l'angoscia dei genitori. Ci deliziava il cane, esemplare di ratier di cui fino allora ignoravamo l'esistenza. Appena il canetto inglese appariva sullo schermo, mio padre, ronzando come villoso calabrone, si parava innanzi all'apparecchio tv e cambiava canale. In preda all'eccitazione attendeva le estrazioni del lotto. Il fermo immagine mostrava una tabellina ove via via apparivano i numeri usciti sulle relative ruote, declinati con estenuante lentezza da una compita voce virile. Allora noi due ci mettevamo a urlare come piche furiose, ricacciandolo nella solitudine della cucina verso il serale ovetto al tegamino.

Alcuni mesi fa ho visto su una colonna dei portici di corso Buenos Aires, a Genova, un volantino con scritto in neretto: Costellazioni Familiari. L'aggettivo è stato sufficiente a farmi distogliere lo sguardo, ripugnandomi da sempre ogni faccenda correlata alla tradizionale famiglia cattolica, esaltata dal vincolo del sacramento matrimoniale e dalla sua consumazione casalinga, giustificata dalla nascita di numerosa prole preferibilmente in buona salute. Ho tirato dritto. Ma per quanto allungassi la falcata con gli stivali del gatto del marchese di Carabas, l'istinto di piagnucolosa donnetta che alberga in me mi ha sobillato a tornare indietro. Con la narice sinistra di colpo attappata, ho letto il bando, ove era rozzamente evocato il significato delle misteriose Costellazioni Familiari. Sul fusto della colonna corinzia il foglio A4, privo del regolare bollino dell'imposta comunale, strombazzava, con la gagliardia di una cacca di piccione che centrasse una palpebra sollevata sul mondo, di un'imminente psicoterapia di gruppo collegata alla famiglia e all'anima; obbligo di prenotazione telefonica. Ho copiato il numero su un biglietto dell'autobus raccattato in tasca. E una triste domenica pomeriggio, quando la gente perbene si crogiola in chimi beati trincando caffè Sidamo alternato a citrosodina dopo aver desinato con cibi di qualità su bei tovagliati di lino, mi sono ritrovata a suonare un campanello. Il pulsante era vagamente appiccicoso, il sesamo socchiuso. Festoni di volantini mezzo strappati ravvivavano l'ingresso del palazzo. Il meandro vantava tutti i requisiti previsti per un centro sociale occupato, muri scrostati e marezzati di bigio, ascensore fuori servizio, luci al neon intermittenti in modalità

11

preagonica. Mi sono avviata per le scale in religioso silenzio, le mutande autoinfilantesi nelle chiappe per tema di eventuali perigli. Un portoncino dall'anta ballerina menava dritto in un camerone artificialmente illuminato a giorno.

Un uomo, che ho arguito essere colui che aveva diffuso il volantino, riceveva in piedi dietro a un banco di scuola, dove con nonchalance rilasciava pseudo-fatture su anonimi foglietti. L'azione del gruppo di disperati, perlopiù donne, sarebbe stata capitanata da lui stesso in versione «facilitatore»: così ci ha annunciato. Il soggetto, maschio di razza bianca ligustica, era malvissuto, sciatto eppure protervo. Folti capelli unti, dall'attaccatura neanderthaliana, incorniciavano un ovale un tempo armonioso. Occhi nocciola di foggia porcina, sovrastanti due pingui guanciotte, tradivano una propensione naturale alla buona tavola. Un vetusto maglione di cachemire impataccato mascherava a stento la sacerdotale epa, frutto di copiose libagioni a base di cacciagione e maialini da latte. Ultima pennellata, la barbetta da satiro che con tutta evidenza occultava la sua insulsaggine. Ai piedi portava un paio di sneakers inzaccherate di fango.

Appena mi ha vista ha avuto uno scatto, come se l'avessi còlto in fallo. Muta l'ho fissato, non ci siamo detti niente. Forse mi aveva scambiata per una vegana, ovvero per un'intrusa che non avesse nulla da spartire con la combriccola. Mentre compilava la ricevuta ho pensato che non volevo affidargli la mia anima nemmeno per gioco. Avrei potuto svignarmela, abbandonare i convenuti alla loro *hýbris*, rifugiarmi nel sottostante bar pasticceria, ingozzarmi di delizie mignon con glassa al cioccolato, riguadagnare la via di casa e una volta raggiunto il divano occidentale fare le presine all'uncinetto, ovvero leggere le memorie di Judy Garland. E invece una tetra imbecillaggine, una smunta voglia di Darshan, il possente richiamo dei Lari mi hanno trattenuta con la tenacia della colla per acchiappare i topi. Nella desolazione del salone, già «ingresso alla genovese», il facilitatore avrebbe guidato la rappresentazione psico-teatrale di fatti e situazioni umane di cui nessuno sapeva niente, lui compreso. Un cerchio di sedie raccapezzate costituiva il campo morfogenico dell'azione, patetica gamma di stili ormai proscritti, dalla cucina rustica Aiazzone fino al modello mi-chiamo-Giuseppina. Mentre lo psicopompo sbrigava le minime formalità di ricevimento, gli astanti deambulavano con giacche e cappotti spioventi dagli avambracci tipo pipistrelli australiani giganti. Brandivano i loro effetti personali come naufraghi approdati all'estremo capolinea di una vita immeritevole di essere ancora sopportata, mossi dall'urgenza di accomiatarsi dalle terrene ambasce con lascito a imprecisate onlus degli indumenti ben piegati. Io, in quanto paria, stringevo la borsetta al seno con veemente fiducia in un roseo futuro di pace, serenità, salute, successi sentimentali e lavorativi. Mi illudevo di avere qualche briscola da giocare, ma ignoravo quanto i misfatti degli antenati influiscano sugli incolpevoli discendenti. Dalle due finestre filtrava una luce sporchiccia, i poveri vetri opachi, derelitti invocavano un'energica ripassata con un prodotto professionale. Urgeva uno sgrassatore a base di ammoniaca. Nell'attesa che si compisse il mio destino ho letto il volantino pubblicitario di una seduta di adepti della meditazione Maum e il proclama di un collettivo di femministe ultrasettantenni sui costi sociali degli assorbenti igienici nell'arco della vita fertile di una signora: dal menarca alla menopausa.

Al centro della stanza era seduto l'equivoco ometto, attorno a lui si stringevano i convenuti come pulcinelli alla chioccia. Non si presentava col nome anagrafico ma usava uno pseudonimo sbarazzino: Renato Wok. Il fatto che sciorinasse le generalità di un padellone cinese mi insospettiva. Sono formale, retrograda, rigorosa. Ci tengo all'etichetta, sono stata educata per essere contessina. Però mi piacciono gli spaghetti di soia. Eravamo in clima new age. Vietato darsi del lei. L'uso immediato del tu mi ha sempre disturbato. Ero già pentita. C'è stato uno scambio di saluti occidentali e orientali. Andava forte namasté, a seguire ciao e salve. Nessuno si presentava con il patronimico, era sufficiente biascicare il nome di battesimo.

Alcune delle scellerate presenti al consesso conoscevano la psicoterapia, le altre erano timide primipare, desiderose di apprendere. Facevano le scontrose. Si stringevano in un canto eletto a temporaneo gineceo come vergini sacrificali. Lanciavano gridolini. C'erano solo tre uomini, due in palese assetto di guardie del corpo delle compagne, il terzo uno scialbo finto-magro, una monade calva capitata lì per caso. Il soggetto ostentava un completo irto di pelucchi di lana infeltrita e occhialoni scuri con montatura di plastica. Incarnato pallido come il grano cresciuto in cantina. Si sarebbe potuto lanciare dalla finestra da un momento all'altro senza che nessuno si stupisse del gesto fatale, per lui naturale conseguenza dell'avvilimento dovuto al suo status e dell'evidente carenza di eritrociti nel sangue. Però non si è gettato nel vuoto, deludendo le mie intuizioni di sensitiva, figlia di ingegnere spiritista seguace di Paramahansa Yogananda. C'erano anche due signore borghesi fresche di messa in piega. La più garrula aveva capelli sale e pepe corti, labbra di uno spudorato rosso carminio, un collanone brasiliano di pietre dure e un culone. L'altra appariva quale un saltapicchio consunto di se medesimo, con un orripilante prognatismo e un lieve sentore di necrosi. Le scellerate avevano sbagliato piano, certe di partecipare alla riunione della Fidapa per l'autofinanziamento di ragazze madri migranti nonché disabili. Appena hanno capito che aria tirava, scusandosi e inchinandosi come delle commesse di un Oviesse giapponese si sono dissolte, lasciandosi dietro una scia di profumo francese speziato e dolciastro. È stato in quel momento che ho capito di essere nel pieno del kali yuga.

Renato Wok non ha fatto parola delle Costellazioni Familiari, si è limitato a spiegare che ciascuno avrebbe scelto fra i convenuti, a cui non era consentito sottrarsi, i Rappresentanti, ossia gli interpreti della Costellazione: la controfigura di se stessi e delle figure archetipiche classiche – padre, madre, fratelli gemelli e non, feti, sorelle, nonni, zii, prozii, bisnonni, cugine nubili, nipoti e fratelli di latte. Persino i teratomi. I più scafati potevano ricomprendere anche soggetti estranei al nucleo familiare, tipo un mentore accademico della Moldavia paraplegico, un condomino che sporge querela per l'installazione di un ascensore, un cantante neomelodico. Una volta in mezzo all'arena delimitata dalle sedie, gli attori, senza nulla sapere della biografia del costellato e della pletora degli antenati, avrebbero agito sotto l'impulso di un'oscura forza universale, definita forza elettromagnetica dai fisici e nobilitata da Madame Blavatsky nel suo epistolario con Gurdjieff. La frequenza delle onde elettromagnetiche li avrebbe guidati. A differenza della mente, che è subdola e mentitora, il corpo avrebbe rivelato antichi soprusi, svelato ignobili misteri familiari, evocato fantasmi di antenati morti ammazzati ovvero nel tepore del loro letto, manifestandosi mediante un friccichio che, salendo dai piedi alle cosce, avrebbe animato gli attori. I più ignoravano che le onde elettromagnetiche s'aggranfiano clandestinamente a particelle dette quanti.

Mia sorella Fran la bella, astrofisica, me lo aveva spiegato durante un viaggio in macchina verso la Slovenia. Nella Costellazione Familiare invece le onde si combinano alla velocità della luce con l'inconscio collettivo di Jung e con lo psicodramma di Moreno. I convenuti ormai inscritti nel cerchio morfogenico intuiscono spontaneamente come rappresentare una scena risolutiva della vita del postulante. Il facilitatore può impartire blandi suggerimenti, aggrottare le folte sopracciglia, tacere. Talora fare domande standard, tipo: «Come sta la Figlia?», «Come sta il Padre?». La rappresentazione scava nel profondo dell'anima, riesuma verità sepolte e sana ferite incurabili, che già furono oggetto di anni di sedute psicoanalitiche ovvero di diete ipocaloriche associate all'assunzione di anfetamine, carenti entrambi di risultati apprezzabili.

Terminata l'enunciazione delle smilze informazioni rituali, ero avvilita. Esclusa, per l'ennesima volta in vita mia, dalla comunione con i miei simili. Consapevole che il fardello di sofferenze e ingiustizie che mi trascino dietro come il borsone di plasticaccia rigida con cui andavo a tennis non mi consente di partecipare all'inconscio collettivo, né a gran parte delle umane manifestazioni di vita sociale. Tuttavia ero seduta al mio posto e, avendo già saldato la quota di iscrizione, non potevo abbandonare la partita. L'abbrivio della psicoterapia consisteva in una modesta meditazione trascendentale guidata da Renato Wok, che nel frattempo ricontava la mazzetta del frusciante guadagno. A occhi chiusi, bisognava sgombrare la mente da ogni pensiero, rilassarsi, abbandonare le membra alla faccia della scomodità delle sedie, inspirare profondamente, gonfiare la pancia a palloncino, espirare, ripulire il cervello, non pensare a niente. Era obbligatorio sintonizzarsi sul campo elettromagnetico creato dal cerchio dei partecipanti. A forza di pensare a quel niente affollato di ricordi assurdi, ho rievocato persino il ceffo di una bidella, la Sergia, ustionatasi da piccola con una pentola di fagioli bollenti e pertanto assunta *ex lege* dal ministero della Pubblica Istruzione come appartenente a categoria protetta, che era nota in tutto il liceo per il vizio della bottiglia.

Siamo stati esortati a immaginare una spiaggia tropicale, la sabbia fine e bianca, le acque cristalline, un palmeto, una dolce brezza, il monotono e carezzevole sciabordio della risacca, l'odore del latte abbronzante al cocco in alternativa al profumo dei caserecci bomboloni in vendita sui lidi toscani. Lo scenario era soffuso dalla rilassante luce del tramonto. L'ora dell'apericena. Armato di uno zoom, il terzo occhio mistico si doveva avvicinare in un lungo piano sequenza alla riva dell'esotico pelago e scovare un'esile figuretta. Lo stesso metodo suggerito nella vignetta del corvo parlante, che da un ramo indica un martello nascosto, in un cafarnao di foglie, cartacce e pietre sconnesse; utensile da stanare al fine di accaparrarsi, qualora estratti nel concorso a premi, un tostapane o uno spremiagrumi elettrico donato dalla « Settimana Enigmistica ». L'impubere silhouette è il bambino che siamo stati, l'antico *puer* che sopravvive nella nostra anima. Una volta ritrovato il fanciullino, se è moscio e intimidito, ovvero febbricitante e atterrito, è d'uopo accarezzarlo, consolarlo, vezzeggiarlo; viceversa, se il monello vanta una bella cera, gioca a morra e se la spassa in ludi adeguati alla sua età e al suo censo, lo si deve salutare su due piedi.

Distratta da legioni di pensieri alieni, per quanto aguzzassi la vista non vedevo marmocchi profilarsi all'orizzonte. Mi sono concentrata con patetica umiltà, implorando le divinità del pantheon etrusco affinché comparisse almeno un ectoplasma, tipo la fototessera della prozia Nora, quella in cui la sorella nubile della nonna Pietrosanti sembrava un fantasma vittoriano. Non è comparso alcunché. La sola risposta alla prece sincera è stato il frastuono dei vetri scaricati a ondate dal bidone della differenziata nel cassone del mezzo comunale che sostava molesto sotto le finestre. L'assordante pioggia di vetri era un esplicito sberleffo del Fato rivolto a me; nel frattempo, gli altri ci davano dentro con grande soddisfazione e scovavano bimbetti come funghi prataioli. Era un susseguirsi di liete esclamazioni di sorpresa. Isolata e intontita, ero incapace di raffigurarmi un lido tropicale, il mare e il tramonto. Evocavo solo fotogrammi sgranati delle réclame del bagnoschiuma con i cavalli bradi al galoppo. A turno, i presenti hanno comunicato estasiati alla platea di aver visualizzato i bambini che erano stati un tempo. All'appello mancavo solo io. Nel mio scenario immaginato per forza non c'erano pargoli, e con triste consapevolezza ho convenuto che la bambina Rosa doveva essere prematuramente defunta a forza di stenti.

Ormai preda dell'autocommiserazione, immaginavo il gramo corteo funebre: quattro coniglini vestiti da necrofori portavano a spalla la baretta bianca in cui riposavo per l'eternità, quand'ecco apparire a destra del cervello il profilo inconfondibile di una scimmietta catarrina. Da vicino il primate si rivelava essere un umano, tipo il fanciullo Mowgli, scarmigliato, il visetto annerito dalla fuliggine, gli occhi iniettati di sangue, le fauci spalancate, gli unghioli adunchi e orlati di nero, quel che restava di una vestina a brandelli. Non c'erano dubbi: la brutta e inquietante scimmietta ero io bambina. Non avevo nemmeno il tempo di inspirare e ricacciare nei meandri diaframmatici la vergogna mista a pena per l'amaro spettacolo, che la selvaggia, accortasi di me, dalla remota marina spirituale – poteva essere Castiglion della Pescaia come Marina di Tarquinia – mi fissava inferocita, pronta a spiccare un balzo e a strangolarmi, stile poltergeist thug. Per lo spavento chiudevo gli occhi, e subito intravedevo una piccola cara sagoma che operosa scavava una buca nella sabbia. Chi poteva essere il frugoletto che giocava sull'arenile? Per quanto mi sforzassi, la seconda immagine non si lasciava mettere a fuoco, baluginava familiare e insieme indistinta.

Mentre il tempo implacabile, scevro della fragilità dei ricordi umani, delle baggianate compiute dagli antenati, marciava verso l'infida tenebra, i convenuti smaniavano di dar fuoco alle polveri. Con uno scomposto trapestio di sedie lo psicodramma ha avuto inizio. Taluni ignari sciamannati sono stati spediti all'interno del cerchio: erano i Rappresentanti. Il primo costellato, una donna con una chiostra di denti da far invidia a Clarabella, sedeva accanto a Renato Wok, che si è rivelato immantinente per quel che era: uno hobbit praticone. Di Costellazioni Familiari ne sapeva meno di me. La dentona ha dichiarato con voce ferma che ignorava cosa la tormentasse; forse un malessere anfotero fra la gastrite cronica e le flatulenze maniacali di suo padre, che avevano come teatro la tavernetta di una bifamiliare presso Cuorgnè. Comunque un gran peso localizzato sul petto, che non le dava requie. Un quarantenne benportante, con jeans anticati e felpa turchina zombie & fish, è stato spedito nel cerchio. Era il papà della postulante. Hanno seguito a ruota le altre figure cardinali: madre, sorelle, fratelli, nonni.

Dopo la piemontese, ci sono stati un altro paio di inquieti costellati, e la scena si è ripetuta uguale: i Rappresentanti si muovevano come automi, a tratti lamentavano un certo informicolimento agli arti inferiori. Era tutto un vorticare di sguardi estatici, smorfie di disgusto ovvero di rapita incredulità, abiti stazzonati dalla solennità della terapia, movenze plastiche simil teatro kabuki. Nello stanzone lo scalpiccio del lugubre ballo dell'orso in catene si mescolava a timidi accenni di salsa e cha-cha-cha. Qualcuno si lamentava: sentivano caldo, sentivano freddo. L'entropia toccava vette sideree. Avevo i brividi e non capivo nulla di quel che vedevo. Così sono stata punita per aver disprezzato lo studio della fisica al liceo tanto da non essermi nemmeno procurata il libro di testo, in spregio di tutte le materie scientifiche che reputavo indegne del mio interesse. Sono diventata milf ignorando il fascino del secondo principio della termodinamica, che si esprimeva potentemente nello scenario della Costellazione. A me non mi sceglieva nessuno. Sembrava che fossi invisibile, proprio come i morti. Invece c'ero eccome, seduta compostamente sulla sedia con l'assurda scimmietta appollaiata su una spalla, gli occhi sgranati e fievoli speranze di riscatto. Più si andava avanti nell'indecifrabile rappresentazione, più avvertivo un senso di disagio misto a noia e inadeguatezza. Vivevo ancora una volta l'esclusione, con la bocca amara e collosa da masticatrice di tabacco. L'alito fetente come quello di un cane che abbia ingurgitato una pelle di coniglio mista a terra. Ero appenata per l'immagine della bimba-scimmia inquilina della mia anima. E soprattutto, chi era l'altra misteriosa sagoma che albergava in me?

Verso le quindici e quarantotto una signora con felpa di pile color amaranto, bandiera arcobaleno usata come sciarpa e scarponcini da trekking, bonariamente si è degnata di chiedermi di figurare come la bisnonna Dorina, un'avola defunta ai tempi della Spagnola. Non era il ruolo di Paola Borboni in *Alga marina*, né la ribalta del Mancinelli di Orvieto, ma era comunque meglio dell'umana indifferenza. Sempre con il piccolo primate in serpa, il codone spisciolato da una spalla, mi reincarnai dunque a tempo determinato nella bisnonna Dorina, originaria di Casale Monferrato, devota del beato Cottolengo di cui venerava un molare incastonato in oro. Una volta inscritta nel cerchio, però, non ho percepito nessun tremolio mesmerico. Anzi, mi sentivo particolarmente idiota e inutile. Su suggerimento del trucido Wok, che con tutta evidenza si burlava di noi, è iniziata la processione degli antenati, tipo trenino dei balli latino-americani. Trascinavo i piedi, le mani appoggiate sulle spalle del nonno. Allineati secondo una rigorosa gerarchia degli affetti, i genitori in prima fila e gli altri congiunti a seguire in ordine temporale, mi sono ritrovata sul pianerottolo, quasi sulla scalea. Poi abbiamo gridato tutti in coro: «Ti vogliamo bene». La monferrina si soffiava il naso, finalmente ricongiunta agli arcavoli. Restituita al frondoso albero genealogico piemontese grazie all'esorcismo collettivo, dispensava sentiti ringraziamenti tamponandosi le gote con la sciarpa arcobaleno. Nel suo passato remoto rifulgeva l'amore degli antenati, miracolosamente scampato alle ingiurie del tempo come un fiore perenne, uno di quei gigli plastificati che ornano i loculi cimiteriali. I suoi avi la amavano e lei amava loro, compresi quelli che non aveva potuto conoscere.

Dopo che tutti si sono abbracciati l'un l'altro, è stata d'obbligo una breve pausa. Ognuno riposava come meglio credeva. Il tizio con il completo giacca e cravatta si spazzolava l'aura. Renato Wok, seminascosto dal portoncino, brandiva un lacerto di focaccia imbottita di fette di salame, quasi certamente di Sant'Olcese. Le femmine si sono ammassate verso il gabinetto, un budello alla turca degno dell'esposizione internazionale di Genova del 1914. *En attendant* di poter espletare l'innato bisogno fisiologico, sono stata costretta a sorbirmi le loro chiacchiere. L'assemblea delle donne discettava, accalcata col fazzolettino d'ordinanza stretto fra pollice e indice, sulle virtù del genosociogramma. All'inizio non capivo cosa potesse essere 'sto genosociogramma, sicché, affettando indifferenza mista a pisciarella, mi sono appostata dietro una pettoruta madre di famiglia, soffocata da un campionario di sciarpacce sintetiche avvoltolate in enormi spire attorno al collo. Sono venuta così a sapere che si tratta di una specie di albero genealogico. Lo si disegna a capocchia, qualsiasi nome affiori dalla cagliata della memoria è utile, perché, come ribadiva con piglio militaresco una giannizzera dal look post-porno – guêpière bordata di striminzito pizzo macramè nero su vulva esaltata da pantacollant aderentissimo e unghie laccate di blu –, ognuno di noi aveva dentro di sé, tipo nell'ammezzato dell'anima, il regesto delle avventure dei propri antenati. Le ignote biografie, le sofferenze patite, i morbi contratti, i misfatti e le fortune degli avi sono l'humus della nostra anima. Su ognuno grava il dharma del passato familiare, per cui noi tutti menavamo grame vitarelle condizionate dalle malafatte ovvero dai sogni irrealizzati degli avi. Su ciascuno aleggiava l'oscura diatomea delle antiche maledizioni, palleggiate in eterno fra un discendente e l'altro. Cerchio diabolico, che si poteva spezzare solo indirizzando particolari lettere agli antenati. Disegnare il genosociogramma mi avrebbe affrancato dal fardello delle misteriose vite degli avi. Appena la Guêpière ha cominciato a spiegare nel dettaglio, Wok ci ha chiamato a rapporto. Ci siamo ridisposti in cerchio. I fantasmi degli antenati sono tornati a circondarci con il coro di lamentazioni e querimonie. Mi sembrava di udirli, un piagnucolio sommesso di invocazioni, un rotolare di noccioli di ciliegia in un cuscino per l'artrosi della cervicale: fateci riposare in pace, riabilitateci, fate quello che noi avremmo voluto fare, portateci nel cuore. Ero preoccupata e sempre più refrattaria agli effluvi sudaticci della congrega, nauseata da quei cataplasmi di dicerie che le donne avevano professato con piissimi scotimenti delle chiome. La rappresentazione si era rimessa in moto, destinata ancor prima d'esordire a un fatale naufragio emotivo. È stata quindi la volta della nipote del colono in Eritrea, che non riusciva a trovare un fidanzato affidabile per colpa di un oscuro irretimento atavico, funesta ipotesi conclamata dall'estenuante Costellazione durata un'ora e un quarto. Il nonno Giobatta, migrato all'Asmara negli anni Trenta, aveva promesso in sposo il figlio, ossia il padre della postulante, alla figliolina di un capotribù, e al dunque non aveva onorato i patti. Ma chi poteva giurarlo? Come biasimarlo? Secondo Wok, la schiatta del colono Giobatta era stata ammalocchiata dallo stregone di Massaua e l'incolpevole nipote dopo cinquant'anni ancora ne pagava il fio, legandosi sentimentalmente a ometti inadeguati tipo un aspirante chef zoppo o un tessitore di velluto biologico. L'onta è stata lavata presentando scuse formali al dipendente Inail che impersonava l'ignoto capotribù gabbato. Sulle prime questi non le voleva accettare. Alle sue spalle occhieggiava mesta la controfigura della mancata sposa africana, nelle spoglie di un'insegnante di ginnastica dell'istituto nautico: la poverina, posseduta dall'anima della ripudiata, non ha fatto altro che singhiozzare. Una volta accettate le scuse postume, i personaggi si sono abbracciati e sbaciucchiati l'un l'altro, con evidente soddisfazione reciproca. Wok ha applaudito.

È seguita una seconda pausa tecnica, imposta dalla difficoltà della Costellazione d'ambientazione coloniale, in cui sono stata abile a evitare le chiacchiere femminili stavolta circa i benefici della carta aromatica d'Eritrea. Mi sono ricoverata in un angolo scarsamente illuminato lontano dal gabinetto, ove mi sono ritrovata in preda alle scalmane. Invano mi dibattevo fra lingue di fuoco, quando innegabile si è diffuso per l'aere un sentore di crepitante loffa. Renato Wok s'appropinquava. Era giunto il mio turno, se non altro perché avevo pagato e quindi mi toccava un corrispettivo. Per la verità, stomacata e avvilita, non bramavo più niente, se non l'oblio dei posteri nella quiete di un cippo funerario in Ciociaria. La mia anima si era rifugiata in un minuscolo avamposto spirituale, non era più disponibile a nuovi, esaltanti incontri. Solo la scimmietta metafisica si rifiutava di tornare nella cripta della memoria, puntava gli zampini, opponeva resistenza passiva, a tratti mi assestava una codata sulla spalla destra. Che cosa facevo prigioniera del tardo pomeriggio di domenica in una stanza con degli estranei sotto un neon in agonia? Perché non avevo studiato fisica al liceo? Perché ero finita a vivere in una città di mare? Annottava, l'aria sapeva di lana inumidita e sudore maschile, da ogni presenza visibile e invisibile salivano arcani sentori di deodorante da poco prezzo; ciascuno si era già sfogato e si godeva in solitudine la sua personale gratificazione. I maschi sbirciavano l'ora o si studiavano le unghie. L'improbabile costellatore sbadigliava. All'ora di compieta tutto faceva supporre che la faccenda sarebbe finita lì. Ho pensato di svignarmela, ma toccava a me.

Affinché la rappresentazione principiasse, dovevo comunicare all'uditorio il movente per cui volevo metterla in scena. Poi avrei scelto gli attori. Ma fra tutte le sventure che mi hanno colpito in vita non ero in grado di sceglierne una, molteplici fallimenti si contendevano l'ex aequo dell'orrore. Per quanto mi spremessi la meninge destra, nulla mi sovveniva se non il dolore per la morte del mio cagnolino. Mentre fingevo di concentrarmi mi ha aggredito una fame cattiva, nervosa, insaziabile e contagiosa. Una fame di tutto e di niente. Per non soccombere mi sono aggrappata a concrete preoccupazioni casalinghe, tipo: se una volta giunta a casa avrei fatto la lavatrice, e se, in caso affermativo, avrei mescolato un accappatoio color porpora, che stinge solo a rimirarlo quando appeso in bagno ad un gancio, con gli altri colorati generici. Mi sono accomodata alla destra di Wok, la seduta ancora tiepida del fondoschiena della nipote del colono in Eritrea. Il trucido, labbra unte e barbetta infarcita di briciole, emetteva un lieve sibilo di cui non sono stata in grado di accertare la natura fisiologica.

Ancor prima di poter formulare il pensiero della mia famiglia sono diventata cieca e sorda, non potevo sbattere nemmeno le ciglia. Ero paralizzata. Gli antenati mi sono piombati addosso come uno stormo di cornacchie prossime allo scatenarsi di un temporale estivo fra Anagni e Ferentino. In rapida successione sono apparse le dame del casato, con gonnacchioni svolazzanti alternati a sobri tailleur grigio piombo. Fini jabot, cascate di trine, velette, cappellini a cloche, manicotti di pelliccia. In prima fila la trisnonna Clelia, con mantellina nera, grappoli di fiocchi e fiocchetti sul petto, come medaglie della regina Elena di Montenegro. Tre strati di gonne, sostenute da un cerchio di metallo. Orecchini di brillanti grossi come patate novelle. Stivaletti neri con stringhe annodate strette, numero 35. A ogni passo, dal mazzo di chiavi che portava attaccate alla cintola si levava un clangore squillante da tromba del giudizio universale. Alle sue spalle, in penombra, dal salotto del Metternich s'avanzava sua madre Giuseppina, il viso cereo, due lisce bande di capelli schiacciati sulle tempie, il pennello sgocciolante colore rosso carminio stretto in mano, la bocca scempiata dalle pustole del vaiolo. Era tornata a farmi il ritratto dal vivo, così come era spettato a tutti i familiari. Ho chiuso gli occhi. Le dame si sono strette l'una all'altra; nel silenzio si udivano i fruscii delle sottane, su cui le medesime assestavano rapidi colpetti in punta di dita affinché non si spiegazzassero troppo. Le antenate non avevano fretta, evanescenti e ieratiche attendevano di entrare in scena. Ho indicato i Rappresentanti a caso, insidiata dalla prescia, con lo stato d'animo di chi sia stato sorpreso dal giardiniere di una villa signorile a fare la pipì davanti al cancello. Nessuno mi ha guardata, stavano con gli occhi bassi, era ovvio che non ci tenevano a essere scelti. Però gli toccava. La prima a entrare nel cerchio è stata la signora della sciarpa arcobaleno: era mia madre. Ha lanciato un effimero sorriso verso Renato Wok, poi ha indossato una maschera enigmatica, insofferente ma affettuosa, come se avesse individuato un focolaio d'infezione da cui era chiamata ufficialmente a difendere il consorzio umano. In rapida successione, alla buona, sono entrati mio padre, mia sorella Fran la bella, i nonni materni. Per ultima, una bionda con jeans slim fit e stivaletti neri con sopratacco consumato. Ero io. Quando ho puntato l'indice verso di lei, la bionda ha corrugato le labbra ed è scattata in piedi come un soldatino. A malincuore, dopo aver lanciato agli altri uno sguardo acquoso privo di sottintesi, si è lasciata guidare nel punto in cui, per me, doveva stare. Il più possibile lontana dalla madre. L'avevo selezionata perché alta, in virtù del detto popolare altezza mezza bellezza. Ho posizionato gli altri come mi veniva, seguendo inconsciamente il quadro irreale dello status quo familiare, nella pienezza dei suoi limiti e della sua fallibilità. Mancavano solo i bassotti tedeschi, e il teatrino della memoria sarebbe stato completo. Avrei voluto chiamare un'ennesima persona umana nel ruolo del cane, ma forse non era decoroso, e mi sono astenuta. Mi è rimasto il rimpianto di non aver osato. I personaggi erano immobili nel cerchio. Striminziti, deboli, incapaci di lottare. Avrebbero resistito alla prova? Per me risplendevano. Li contemplavo incuriosita, rallegrata nel Lias del mio cuore da quello spettacolo stupefacente. Era la mia famiglia in grande spolvero. Wok si carezzava il ventre e la barbetta con gesti lenti e misurati, effondendo una cascata di briciole di focaccia rimirava soddisfatto la platea. L'acquerello degli affetti mi aveva ipnotizzata. L'arcana scimmietta metafisica, il codone mollemente abbandonato, lanciava debolissimi stridii di ammirazione belluina. Nessuno fiatava, il tempo era fermo. Avrei dovuto seguire il cuore che mi spronava a dire: «Cara Madre», «Caro Padre», invece di tacere vergognosa. Di colpo, all'unisono, i figuranti si sono messi a brancolare. Scuotevano la testa, vacillavano. Le braccia spalancate a simulare improbabili bracciate in mare. Si sfioravano pieni di imbarazzo, timorosi di accollarsi, per avventura o superficialità, il carico della vita di un altro. Le donne facevano un passetto avanti per farne subito tre indietro. Mi mancava l'ossigeno. I Rappresentanti cercavano, senza riuscirci, di scambiarsi i posti, finché si sono immobilizzati tutti insieme come in una fotografia. Da fermi appartenevano a me, come io appartenevo a loro, per l'eternità. Dopo una breve esitazione la controfigura di mia madre si è accomodata nel centro del cerchio. Padre, sorella, nonni si sono rincantucciati alla sua destra, il più lontano possibile dal cespite degli affetti familiari. La trisnonna Clelia, sgomitando, ha approfittato per piazzarsi alle sue spalle. Renato Wok ha esordito querulo:

«Come si sente la Madre?».

«Bene».

Lo psicodramma era cominciato.

2

Mia madre aveva occhi azzurri, labbra color ciliegia, dentatura perfetta degna di un atlante anatomico per aspiranti dentisti. Fluenti chiome castane. Una disdicevole vocazione per la frangetta. Non ha mai manifestato gli slanci della madre amorevole. Non mi ha mai abbracciata, baciata, né mi ha mai accarezzato il viso, lavato le manine, infilato calzette e scarpine. Non mi ha mai allattato né imboccata. Nacque contessina cinofila sotto il segno dell'Acquario, l'anno dell'arresto di Gramsci e della morte di Rilke a Montreux. Come bimba d'alto lignaggio fu allevata dall'istitutrice, una Fräulein bavarese che ha sempre chiamato affettuosamente Frò. Educata con rigore, disciplina e buonsenso, seppe ben presto che al minimo capriccio la Frò le avrebbe opposto il severo memento: «Ricordati che sei una bambina tedesca». Erano i tempi dei primi orologi Oyster, del foxtrot, del fox terrier Pipino, dei frisons alla garçonne, della Repubblica di Weimar, dei vestiti di perline, dei boa di struzzo e dei cappellini a cloche. La Garbo ancora non parlava. A dicembre la contessina neonata mangiava petto di pollo finemente sminuzzato e la Deledda, indossato un gonnacchione di lanetta bigia d'infima qualità, andò a Stoccolma ricevuta dal re in persona. La governante tedesca non rivolgeva parola a nessuno. Non conosceva l'italiano, non l'avrebbe certo imparato.

Mia madre stringeva delicatamente il muso dei suoi cagnoli nella destra e si stampava un bacio nella piega fra pollice e indice, con uno schiocco a effetto, così il cane credeva di ricevere un bacio. I cani sono stati l'unico tramite tra me e lei, una sorta di risicata passerella di corde gettata fra due impervie ripe sentimentali. Sotto il camminamento si apriva uno strapiombo di cupe rocce, e acque tumultuose scrosciavano in un susseguirsi di rapide. Su un miserabile sperone di roccia, relegato da solo nell'orrido, mio padre gridava come un ossesso: «Figlia, ti voglio bene!». Il fragore delle acque non riuscì mai a cancellare del tutto le sue sincere dichiarazioni d'affetto, che udivo a brandelli, ovvero rimbombavano fra i sassi straziandomi il cuore. Solo mia madre, dal trono della bellezza da cui governava il mondo, riuscì a soffocare il desolato richiamo d'amore di mio padre. Non lo ha mai reputato degno di credibilità. La mamma contessa tagliava lingue con la forbicina d'oro, accecava pupille con lo spillone da cappello, tappava condotti auricolari con matassine di seta. Il rigido protocollo degli affetti familiari decretato dall'istitutrice non prevedeva smancerie. Le dichiarazioni di amore paterno venivano da lei bollate come cafone manifestazioni di sentimentalismo, da soffocare nel tumulto della corrente. A suo dire mio padre era patetico e ridicolo. Mia madre non avrebbe mai pronunciato la parola «coccola». Nella stamberga ove sopravvivemmo da famiglia povera non penetrò mai la luce del sole, era il feudo dell'abbrutimento e della miseria che tutto confonde nei toni dell'itterico.

Sarebbero bastati una distrazione, il volo di un moscone ubriaco di luce, il cigolare del portone sul cardine, lo squillo del telefono all'alba, e sarei precipitata nel vuoto. Che camminassi pure su quel canapo sfilacciato da equilibrista, ma senza rete. Reti non ne ho mai avute. Educata come un cane con la formula: *Fuss!*, sì, no, brava, ho imparato ad amare ciecamente la madre-padrona senza mai giudicarla. Come bambina-cane ero inadeguata, ho deluso anche le sue aspettative più mediocri, ostentavo velleità troppo ricercate. Come entità-figlia risultai ancor più scadente e opprimente. A sette anni ancora non leggevo, non scrivevo, non sapevo fare di conto. Scalza e spettinata al pari di una selvaggia, mi limitavo a guardare le illustrazioni fiabesche della Scala d'oro. Abbracciata stretta ai pastori tedeschi del nonno, ignoravo, allora, che sarei diventata una lettrice onnivora. Oltre alla pigrizia intellettuale mista a moderna discalculia, dimostrai da subito una malsana predilezione per quello sfaticato di mio padre.

Che nel marzo del 1960, quando la gente si accalcava per vedere *La dolce vita* nei cinema di Roma e Milano, mia madre non avesse alcuna intenzione di concepirmi era palese. Raffaella era nata in un'epoca in cui le ambizioni femminili si realizzavano solo nel matrimonio, la donna era madre e sposa; in una società dove lo studio era considerato un inutile quando non pericoloso strumento d'affrancamento dal rigido canone della subordinazione donnesca. Per di più, in quanto contessina ereditiera, lei non avrebbe dovuto mai lavorare per vivere. Per le ragazze bennate dei suoi tempi, al di là di qualche nozione di francese, di solfeggio e di acquerello non era prudente spingersi. Invece mia madre credeva nell'affermazione della persona, a prescindere dalle consuetudini e dal sesso, e voleva essere libera da quel modello ipocrita e stantio di sposa-amante-serva. Aveva conseguito la patente di guida nel 1946 e si era iscritta alla facoltà di Lettere alla Sapienza. Aborriva il parafernalia di melensaggini da donnetta borghese, compresa la sottomissione servile al marito e ai figli. La funzione della maternità, a suo avviso, faceva della donna un mero contenitore biologico, equivalente a un sacello usa e getta, e non era mai stata una libera scelta. Per questo motivo e non perché fosse una Crimilde detestava i pargoli, le facevano ribrezzo. Non ha mai sopportato il sentore latteo-borotalchesco che emanano i bambini, e se ne difendeva spargendo largamente essenza di sandalo e vetiver su abiti e arredi, tende comprese. Procreò solo per dovere, costretta dal rango e in ossequio alle costumanze sociali. A un anno dalle nozze nacque mia sorella Fran la bella, tosto messa a balia dai nonni e dimenticata. Io sono arrivata anni dopo, per caso. Della sua leggendaria bellezza mi ha trasfuso solo rapide pennellate, del tutto inadeguate a gareggiare con lei ma sufficienti per non essere creduta una figlia del contado scambiata nella culla. Alla natura canina mi accomunò da subito la vista mediocre, compensata da un olfatto e un udito finissimi. Come i cani, mi sono sempre svegliata ogni mattino felice di non essere trapassata durante il sonno. Come i cani, non guardo mai per prima le persone negli occhi: al fine di non alimentare un eventuale conflitto. Come i cani, se staccata dall'habitat familiare, mi bastano quarantott'ore per entrare in modalità selvatica. Mia madre non mi dava mai da mangiare, ma mi elargiva copiose razioni di nutrimento spirituale attraverso le letture. Mi sono dovuta arrangiare con gli scarsi mezzi a disposizione: prima della stazione eretta, leccavo le briciole sul pavimento della cucina della villa, appena deambulante razziavo il pastone dalle ciotole dei quattro pastori tedeschi del nonno Checco. A sei anni mi sfamavo con i limoni che crescevano nel giardino della villa, masticandoli con tutta la buccia. Mentre i cani di famiglia, lupi, bassotti tedeschi e bulldog, banchettavano quotidianamente, io ero esclusa dal rancio, potendomi procacciare il cibo da sola.

L'anno in cui Paolo VI sospese *a divinis* il vescovo Marcel Lefebvre, un meticcio di volpinetto bianco entrò a far parte della nostra famiglia ormai decaduta. Lo battezzai Pipìa. Quella primavera, vagavo per i campi alla ricerca di cicoria, che non ho mai distinto dal tarassaco, detto comunemente pisciacane, erba cui mia madre giammai riconobbe la dignità di commestibile. Riguadagnavo la via di casa con Pipìa al guinzaglio e una borsata di pisciacane. A forza di stare prona in mezzo ai prati a fissare le erbe, se chiudevo gli occhi, vedevo fluttuare la pseudo-cicoria come in un dipinto surrealista. La sua immagine, stampata sul cristallino, restava impressa per almeno mezz'ora. Era un caleidoscopio agroalimentare vagamente pop. Perseguitata da una fame a prescindere, avevo le traveggole; reduce dalle marce nei campi provavo un'ebbrezza analoga a quella provocata da un fungo allucinogeno. Mia madre periziava con unghie ad artiglio il contenuto della sportina di plastica; ogni volta diagnosticava che avevo raccolto del volgare pisciacane e non certo della cicoria. Con noncuranza si aggiustava la frangetta a tendina sopra un occhio. Non avevo argomenti da opporre al suo verdetto, ma ero certa che si poteva bollire pure il tarassaco alias pisciacane e mangiarlo con olio e limone, giacché non avevo mai visto nel circondario branchi di cani intenti a orinare sull'erba raccolta. I cani pisciavano sui copertoni delle auto in sosta, sugli spigoli dei muri, sui vasi di gerani; non pisciavano in mezzo ai campi. Ma con la madre non ho mai osato protestare, ho tenuto segrete le mie ragioni, al calduccio nel cuore, come una nostalgia di libertà confusa al rimorso per non aver saputo perorare le mie convinzioni botaniche. Era un'ingiustizia. Senza ulteriori commenti, lei svuotava il sacchetto nella spazzatura, non prima di averlo fatto odorare a Pipìa, deputato a emettere pareri olfattivi e vincolanti su ogni genere alimentare e persona, indi si spostava in cucina dove intrugliava la pappa per il cane. Compiva le stesse lordanti goffaggini delle bambine intente a cucinare il pranzo per le bambole. Nell'economia generale della convivenza, il cibo era il fondamento del legame sentimentale con il cane. I cani amano chi li nutre. Mia madre comprava la carne di vitellone solo per il cane. Non ce la voleva nel frigorifero. Mi diceva: «Se ci invitano al ristorante ordina la carne, se no ti viene l'anemia». Così ho sempre fatto. Tuttavia la carne rossa mi ripugnava, allora quando mio padre mi portava all'Harris Bar di via Veneto con la Signorina, che pagava, ordinavo il filetto. Non riuscivo a mandarlo giù, lo nascondevo in un tovagliolo e una volta a casa lo davo al cane.

Pipìa desinava due volte al dì, secondo i precetti di un sano regime dietetico canino: niente sale, riso bollito, carne macinata alternata a nasello surgelato del discount. Talvolta un uovo crudo, della ricotta vaccina. Durante il giorno mia madre, infischiandosene della regola igienica, divideva con lui: cioccolato fondente, gelato gusto malaga, salame tipo ungherese e pizza margherita. Come anche i più tonti sanno, il cioccolato è veleno per i cani, più tossico del colesterolo per gli umani. Il canetto Pipìa fu tosto mitridatizzato. Con me, in compenso, mia madre non ha mai condiviso niente, nemmeno un bicchiere d'acqua, che non apprezzava, perché mai l'ho vista berne uno, nemmeno di quella frizzante. Il nutrimento per me fu un lusso da conquistare *extra moenia*; l'arcana prescrizione materna contemplava che inghiottissi il minimo necessario ad aggrapparmi come una locusta dai frali zampini alla soglia della sopravvivenza. Talora, accecata dalla fame, mi facevo ardita, mi strafogavo come una belva senza fondo, inguattata dietro la porta della cucina nell'angolo delle scope. Ingollavo un culetto di pane sciapo. Non avevo l'agio di masticarlo. Temevo che mia madre potesse sorprendermi nell'immonda pratica. Dopo un minuto, un minuto e venti, mi veniva il singhiozzo. Il bolo spugnoso di culetto di pane inciancicato era incastrato nella sacca esofagea. Soffocavo. Per rimuovere l'intoppo ero costretta a bere almeno cinque bicchieri d'acqua uno di seguito all'altro. Una volta mia madre mi sorprese e mi rifilò una forchettata sulle unghie e una nell'incavo del gomito. Che stessi a una certa distanza dal sano ed equilibrato standard di nutrizione. Così per tutta l'infanzia e gran parte dell'adolescenza mi limitai a contemplare pietanze, perlopiù in foto, o nelle vetrine delle gastronomie, o nei piatti degli altri. Con occhi sbrilluccicanti guatavo il cibo dei commensali, l'acquolina in bocca, incapace di mascherare la mia brama.

A tredici anni, asserragliata nella cameretta, ascoltavo Jimi Hendrix con il predecessore di Pipìa, il carlino nero Pompeo, che manifestava la sua contrarietà alla mitica chitarra del rock sricciolando il codino. Tenevo un diario segreto e mai avrei immaginato cosa il destino avesse in serbo.

« Ricordati che sei una bambina tedesca ».

Un funesto giorno « sviluppai » e, come si diceva tra i villici, fui elevata al rango di signorina. Fra capo e collo mi colpì il menarca, evento della vita femminile il cui solo nome evoca la minaccia di una malattia incurabile. Fui preda di un puzzolente sanguinamento mensile. Per contrastarlo efficacemente era

d'obbligo indossare il flaccido assorbente per signora: una sorta di immondo salsicciotto d'ovatta, pizzi-
coso, tosto imbibito di plasma grumoso, deputato a
intorcinarsi fra il tassello delle mutande e i poveri
genitali inumiditi a oltranza, trasformati in vivaio di
batteri ed emananti vergognosi fetori di sangue gua-
sto. In parallelo, fui vittima della smodata accentua-
zione dei caratteri sessuali femminili. Un fine vello di
simil-pashmina ricoprì il mio labbro superiore, nel
corso di un'orrida nottata di febbre mi spuntarono
due tettone enormi, escrescenze che disgustarono
mia madre, teorica del seno-coppa-di-champagne. Il
demone dell'ingrassamento corporeo, dovuto a ine-
vitabili terremoti ormonali, bussava alla porta di casa. Mia madre gli avrebbe sbarrato il passo all'arma
bianca. Era pronta a passare sul mio cadavere con la
Centoventisei bianca special. Lei sapeva cosa fare.
Iniziò la campagna militare. Altro che Guerra dei
Trent'anni. Mi impose irragionevoli astensioni dal
cibo che, oltre a prosciugare la massa magra del mio
corpo di bambocciona in fieri, mi avrebbero conferito lucidità mentale e acutezza di pensiero. In subordine, l'insonnia, un aumento dell'indice glicemico
nel sangue legato agli strafogamenti di maritozzi con
l'uvetta che compivo di nascosto, premessa per una
possibile insorgenza diabetica. L'effetto dei digiuni
fu una sclerotizzata ossessione per il cibo, idealizzato
in messaggero d'amore. Si spiega così l'inesausta ricerca di cuochi, non importa il sesso, la razza, la reli-
gione, il gruppo sanguigno, il segno zodiacale, che
ancora mi perseguita. Vivo con la smania di incontrare cucinieri che mi approntino un pasto; quale pie-
tanza riuscirà a spezzare l'incantesimo non l'ho mai
saputo, basta che sia all'apparenza semplice ma ela-
borata. Ma ahimè, dopo che i malcapitati hanno spi-
gnattato per onorarmi, ogni cibo mi delude. Di fronte a due crocchette di patate o una porzioncina di

spaghetti al pomodoro fresco il sentimento oscilla
fra il desiderio e lo sconforto, lo sconforto e il desiderio. Non so come si mangia. Non ho ancora imparato. Il piacere del cibo è troppo intenso, richiede abitudine, frequenza, disciplina. Non ho mai saputo
cosa è un pasto, un pasto completo dopo il quale
non si è più ossessionati dalla fame. Non ho scampo.
Morirò affamata.

Le ostilità contro l'anarchia ormonale furono a-
perte ufficialmente ai primi di ottobre del 1974, nei
giorni in cui la cassa integrazione per sessantacin-
quemila operai Fiat provocò uno sciopero generale
che portò a una riduzione dell'orario di lavoro da 40
a 24 ore settimanali. In un tale periglioso frangente
era obbligatorio seguissi un singolare regime dietetico: il digiuno curiale. Stringemmo un patto: dopo
ventitré giorni di parche razioni a base di pane secco
e tè amaro, come ricompensa per la forza di volontà
dimostrata avrei potuto cucinare una torta di maccheroni che avevo visto fotografata sulla rivista francese « Elle ». La scheda culinaria da strappare e conservare presentava un'allettante carapace di grassa
pasta brisé, nel mistero del cui ventre covava un feto
di maccheroni al sugo di pomodoro duellante con
tocchettoni di formaggio coi buchi. Nei dolorosi
giorni dell'attesa, mia madre, per infondermi coraggio, raccontò la spedizione in Antartide guidata da
Robert Falcon Scott. Correva l'anno in cui in Italia
nacque l'Ina. Dopo una mesata di inenarrabili stenti
e temperature molto inferiori allo zero, il comandante decise, per prevenire forse una rivolta tra gli
esploratori stremati e incattiviti dalla fame, di allesti-
re un banchetto per il solstizio d'inverno. Furono
macellate ben quarantacinque merinos. Nella notte
più lunga dell'anno, abboffandosi di costine e co-
sciotti, l'equipaggio obliò il gelo, il buio, l'isolamen-
to geografico e l'alea mortale dell'impresa. Dalla pa-

rabola dei protagonisti della spedizione antartica avrei tratto ispirazione e ideale movente per combattere la puberale tempesta. Dal racconto delle scellerate gesta di Robert Falcon Scott mia madre omise il dettaglio che pochi giorni dopo il banchetto i superstiti della spedizione Terra Nova creparono sulla via del ritorno, congelati da una tormenta a un centinaio di metri da un rifugio traboccante di viveri. Schiattò anche il comandante.

Nell'attesa di realizzare quel magno gâteau, mentre vagabondavo con il carlino Pompeo, un dì trovai nella penombra di una forra un solingo albero gravido di cachi. Eccitata dalla scoperta, con una cannetta di bambù mi misi a spiccare i pomi verdastri, duri come noci di cocco. Alcuni mi colpirono sul groppone, altri rotolarono più veloci delle bocce lungo un pendio, per raccogliersi in una pozza di acqua imputridita dalle foglie morte. Pompeo li inseguiva abbaiando. Per la gran fame mi avventai su uno di quei frutti legnosi. Feci incetta dei rimanenti, compresi quelli su cui aveva orinato il cane. Avevo i denti allegati dal tannino, la lingua incollata al palato, ma il coriaceo frutto non andava né su né giù. Ebbi per giorni la nausea, e non provai alcuno stimolo fisiologico assimilabile alla fame. Mia madre era estasiata dalla forza di volontà che dimostravo nel perseverare nelle pratiche digiunatorie curiali. Giunsi al punto in cui anche bere un sorso d'acqua tiepida si rivelò un gesto superiore alle mie forze. Mi astenni in toto dall'assumere cibo. Posso affermare che l'inedia tutto fa rifulgere di un sottile fascino ultraterreno. Eccita il pensiero, trasfigura le stoviglie da cucina e il loro uso, impana l'anima di scaglie d'oro zecchino, veicola nella coclea il suono di cetre pizzicate da puttini intenti a sfornare pizze margherita. Le foglie che cadono dagli alberi possono essere scambiate per Wiener Schnitzel. Immagini struggenti di cui bearsi alla finestra della camera da pranzo.

La sola vista di una buccia di patata può ingenerare commozione. In quei giorni febbrili e deliranti, feci il bozzetto del monumento funerario che avrebbe accolto le mie spoglie. Il magnifico disegno di un tempietto ciociaro con il timpano raffigurante una fiorentina mi catapultò nel magico universo degli asceti senza che ne fossi consapevole. Avevo sempre freddo. Si levarono in me i primi richiami del Trascendente e conobbi la magia dell'ebbrezza allucinata del digiuno completo. Mi visitarono le garbate anime di ignoti compaesani defunti, seppelliti nel locale cimitero; ma anche quelle assai più nobili dei sette re di Roma, in particolare Tarquinio Prisco, nonché quelle dei lucumoni residenti sull'isola Bisentina tra le infide acque del lago di Bolsena. Come i prigionieri, segnavo con una croce sul calendario della cucina i giorni che mi separavano dalla fatidica data.

Venne infine il giorno dei Morti, un dì tradizionalmente mesto, dalla luce malaticcia, che tutto confondeva nei toni del bigio e del tortora; finalmente ero legittimata a cucinare il pasticcio. Obnubilata dal digiuno, presciolosa e maldestra, realizzai un manufatto dalla consistenza del cemento a presa rapida. La pasta brisé era cruda e sbriciolata, pallida e rinsecchita. Somigliava ai resti dell'intonaco del casotto dov'era vissuta la volpe addomesticata di mia madre bambina. Nelle solitarie nottate di prigionia, Alfredino lo aveva morso e raspato, riducendolo a un cumulo di francobolli gessosi. Il ripieno di maccheroni era scondito, impenetrabile quanto un groviglio di aspidi in stato letargico, ornato da lacerti di caciotta di mucca che non si erano fusi come nella pubblicità delle sottilette. L'orrido gâteau rimase inviolato, algido memento della mia naturale incapacità di nutrirmi. Lo piluccarono solo per cortesia gli uccellini sul davanzale della finestra di cucina.

Fin dall'anno in cui Margaret Thatcher divenne primo ministro cominciai a pregare che i miei genitori morissero in un incidente stradale. Ero terrorizzata dall'eventuale malattia-agonia-morte dei congiunti. Da allora non ho mai smesso. Mio padre amava guidare. Trascorreva gran parte del tempo asserragliato nell'autovettura, pronto al sorpasso, nell'atto di parcheggiare, parcheggiato all'americana, parcheggiato a spina di pesce, parcheggiato in divieto di sosta, fermo sulla carreggiata con il motore acceso e le quattro frecce lampeggianti, fermo a motore spento e la chiave nel quadro, ovvero affacciato allo stop con la prima già ingranata. Pilotava a tutto gas, incurante della segnaletica stradale, quali che fossero le condizioni meteorologiche, finanche con le più avverse, perché il movimento della berlina esercitava un benefico massaggio cardiaco che lui sosteneva di percepire in ogni fibra. In verità stava sempre in macchina perché nell'abitacolo occultava il contante, le famigerate ricevute del lotto, gli assegni scoperti, e le cambiali protestate. In quanto a chilometri macinati, si vantava di aver coperto un tragitto pari, se non superiore, a un'andata e ritorno dalla Terra alla Luna. Con l'abilità acquisita in un trentennale praticantato alla guida di ogni autoveicolo immatricolato su strada, Tigrotto OM compreso, era convinto che non si sarebbe mai schiantato contro il guardavia. Ma se d'incidente stradale dovevano perire era preferibile che accadesse a tutti e tre, compreso il canetto Leporì, che era nel frattempo succeduto al mite Pipìa, volato in cielo il giorno in cui gli ex sindaci di Milano, Tognoli e Pillitteri, furono raggiunti da avviso di garanzia. Se i miei genitori fossero entrambi defunti, accompagnati dal cane come l'eroe Yudhisthira, mi sarei affrancata in una volta sola dagli stremanti obblighi familiari: sopportare le grida di mio padre obnubilato dalla ricerca di due calzini uguali; passeggiare il cane Leporì almeno ogni novanta minuti e battere i supermercati alla ricerca di magici dadi da brodo, irreperibili, che a ondate scandite dal calendario dell'Avvento mia madre reputava essenziali per la sua sopravvivenza. I miei desideri si avverarono in parte, perché solo mio padre perfezionò la possibilità di morire in un sinistro automobilistico sull'Autostrada del Sole. L'impatto contro la barriera avvenne una domenica di gennaio, pochi giorni prima che un incendio distruggesse il Teatro La Fenice. Erano le quindici e ventotto. Durante la prima ed ultima nottata di veglia trascorsa in una corsia dell'ospedale civile di Orvieto, ero angustiata da un futuro di riabilitazione motoria. Chi lo avrebbe sopportato, lui di indole così incazzosa, impaniato nelle sabbie mobili della fisioterapia? Già lo sentivo sbraitare, stridere come un pavone, gli occhi fuori dalle orbite, il viso congestionato, le carotidi enfiate. Avrebbe oltraggiato il fisioterapista e io avrei dovuto supplicarlo in ginocchio di rimanere presso l'infermo. Figurarsi se si sarebbe piegato a un protocollo riabilitativo, lui che con un piede ingessato causa frattura del malleolo aveva seguitato a guidare la Lancia Thema. Se fosse rimasto invalido, chi avrebbe giocato al lotto in sua vece? Mi avrebbe tormentato costringendomi al gioco, che mi ha sempre ripugnato, e al quale mi ero acconciata per amor filiale solo durante la degenza seguita alla sua operazione a cuore aperto, quando giaceva in rianimazione: la sua sagoma, versione moribondo, era visibile soltanto dietro un oblò appannaticcio attraverso il quale fui costretta a esibire le ricevute delle ossessive giocate sulle ruote di Torino e Venezia. Mi si prospettava dunque un perverso futuro da zitella e badante, alternato a quello di conduttrice ausiliaria del cane. Era auspicabile che volasse in cielo. Furono le Erinni nella veste di giocatrici d'azzardo a tirare i dadi, fulminea un'insipiente guardia medica li raccolse. Mio padre, opportunamente sedato, spirò nel volgere di poche ore. Fui atterrita per la solerzia dimostrata dalla Tyche. Nel trascinarmi verso l'uscita del nosocomio, mi contorcevo, straziata dai sensi di colpa, certa che fosse crepato in forza delle mie umili preghiere.

Una volta espletata la cerimonia funebre, restavano in vita la madre e il cane Leporì. Negli anni successivi ho spesso fantasticato sulle modalità della loro dipartita. Volevo essere preparata al peggio, per non rifare la figura della minchiona. Era auspicabile, ancora una volta, che se ne andassero insieme, lei e il cane. Mia madre era favorevole all'opzione, ma non desiderava conoscerne le modalità. All'imbrunire mi dedicavo alle manzie etrusche per scoprire la data del trapasso materno, ricorrendo al metodo divinatorio, rivelatomi da mio padre, del volo dei piccioni da est verso ovest, che si dimostrò del tutto inattendibile. La pratica consisteva nell'osservare sul far della sera, e solo di venerdì, la traiettoria del volo dei colombi in manipoli di almeno tre elementi. Non ho mai visto librarsi una triade alta nel cielo, i piccionacci zompettavano in tutte le direzioni, si levavano in stormo, perlopiù scacazzavano dai cavi elettrici, fieri della loro naturale vocazione al volo in solitaria. Pregavo affinché mia madre morisse di colpo, tipo: stava bene, vantava una bella cera, starnutiva, dichiarava sono stanca, si accomodava in poltrona, mormorava: «Mi faccio un sonnellino», nemmeno l'agio di chiudere gli occhi e in un *fiat* spirava. Avrei voluto per lei una morte serena come quella di Emily Brontë, la domenica mattina in salotto, con tutta la famiglia schierata davanti al fuoco acceso nel camino. Il cane, di fronte al terribile spettacolo, si sarebbe coricato su un fianco, non senza aver annusato la padrona, avrebbe emesso un flebile guaito di addio e si sarebbe addormentato per sempre anche lui. Li avrei tumulati insieme, nella cappella di famiglia: tanto, chi me lo poteva impedire?

41

3

Un mese dopo la morte di Pipìa fui scacciata ingiustamente dalla Casa del Parmigiano, ove spendevo i miei supremi talenti in veste di annusatrice. Il prestigioso incarico gratificava i miei genitori esiliati nelle campagne, restituiti per mio tramite al rango appropriato, in ossequio alle ascendenze nobiliari di mio nonno Checco, attaché dei fabbricieri dell'Opera del Duomo di Orvieto. Una volta perso il fulgido incarico per eccesso di qualificazione, non fu possibile ricollocarmi in nessun opificio. Avevo troppo fiuto. Che errassi pertanto ai margini della società civile, fino al totale imbarbarimento della mia persona e del mio intelletto. Fu allora che mio padre, appresa la disgraziata notizia, ebbe l'infarto silente. Nel cuore gli si aperse una fistoletta, da cui stillò una goccia di sangue come un chicco di melagrana. Nessuno se ne accorse, tantomeno lui. Nei giorni successivi al cardiaco accidente si era limitato a indossare sul pigiama una lussuosa veste da camera regimental. L'elastico dei pantaloni sdilabbrato, l'infartuato fu costretto a reggersi le braghe per non mostrare le vergogne, poco importava se ne fuoriuscivano *excerpta* di chiappa. Lamentava un dolore sordo al centro del petto: angina. Mia madre lo accusava di mendacia. Nel tentativo di placare l'oppressione che gli gravava sul petto, faceva su e giù per le scale scortato dal suo gattaccio nero Mio Che Mao, mentre Raffaella, dal piano nobile, lanciava cabbalistici anatemi contro il gattaro. Un giorno, di prima mattina, il mio povero padre, sempre con l'elastico del pigiama stretto fra indice e pollice, si mise alla guida dell'auto alla volta di Roma. Giungemmo in tromba all'ospedale militare del Celio. Lì fu servito e riverito come si confaceva a un ex ufficiale dell'esercito in congedo permanente. Lo ricoverarono nel reparto di cardiologia per accertamenti. Finché rimase lì, fui distratta dall'angoscia di aver perso il lavoro. Mi dimenticai delle forme di parmigiano e del piacere che provavo ad annusarle. Mia madre, in ossequio a una sua profonda ripulsa per gli ospedali, mi aveva proibito di assistere l'infermo. Lo visitavo di nascosto. Lui dal suo lettino sorrideva beato. Era felice di stare allettato fra ufficiali del regio esercito. Talora ne ho consumato il rancio: semolino, finocchi bolliti, mela cotta. Il menu ospedaliero mi è sempre piaciuto. Protraendosi il ricovero, oltre a darmi, come ho detto, incarico formale di giocare gli ambi in sua vece, mi affidò quello di accudire il suo gattaccio nero. Mio Che Mao, orfano del suo mentore, per ripicca mi ingraffettava le caviglie. Lo inseguivo brandendo un tovagliolo di fiandra delle dimensioni di un lenzuolo da letto a una piazza, per scacciarlo da casa. Così come avevo visto fare a mio padre, sul far del giorno bollivo dei tocchettoni di polmone che lanciavo verso il felino. Il gattaccio vi si avventava e, insaziabile idrovora, risucchiava la spugnosa materia organica. Indi soffiava verso di me, il pelo ritto sulla schiena, e miagolando incattivito galoppava verso l'uscio, inghiottito dalla tromba delle scale. A luglio mio padre, subìto l'intervento a cuore aperto, rimpinzato di by-pass aorto-coronarici, fu dimesso e tornò a casa. Gli avevano tagliato i baffi. Era irriconoscibile. Inebetito e assente, non ricordava nulla, se non bozzetti rurali e morbosi particolari di epoche remote, del tempo in cui ancora non ero nata. Parlava con piacere soltanto di fatti svoltisi a Ferentino fra gli anni Trenta e Cinquanta. Là ebbe i natali la zia Nora, vocatasi al nubilato per assistere la sorella, nonna Angela, che di figli ne generò ben undici, di cui otto viventi. La prozia e la nonna coltivavano insieme rituali di esoterismo domestico, con rigaglie di pollo e fegatini di scrofa, primitive forme di quello che Mircea Eliade avrebbe certamente definito «sabba paraninfo nel frusinate». Sciamane in Ciociaria? Papà rievocava con accenti nostalgici lo zio Aldo, ultimogenito di scellerati cugini, che dopo quattro fratellini nati morti risultava essere l'unico sopravvissuto a una tale nemesi lombrosiana, ma fu sordo muto e cieco. Per lo zio Aldo mio padre aveva nutrito un particolare affetto filiale, reso più saldo dalla prospettiva di accaparrarsi la cospicua eredità che il povero disabile vantava, già amministrata da mia nonna Angela in veste di curatrice.

Il cane Leporì entrò nella nostra famiglia il giorno in cui la lira italiana uscì dal Serpente Monetario Europeo. Fu battezzato Lepic in onore di Jules Renard. Monsieur Lepic è il padre di Pel di carota. Il suo nome venne storpiato in Leporì da un geometra dell'Eni, reduce da molti anni vissuti in un cantiere in Nigeria, che al paese natio aveva conservato le spoglie del suo Tommino, un canetto da caccia di taglia media sciaguratamente investito da un bracciante agricolo a bordo di una Centoventisette special color amaranto. Il bracco Tommino era stato imbalsamato

44

con una zampa appoggiata su una roccia di vetroresina, nell'atto di slanciarsi su una pingue fagiana, parimenti tassidermizzata, la coda ritta, il collo proteso, vacui occhi di vetro giallo puntati in eterno sull'Infinito. La spoglia era custodita in una sorta di sgabuzzino elevato a rango di sacrario che non veniva mai aperto se non per la ricorrenza dei defunti. Tramite il geometra amante dei cani, Lepic divenne così Leporì, da cui discesero i nomignoli Lepe, Leprola, Leprolina, Leporilla, Rira, Rirola.

Leporì viveva a Milano in una boutique di animali, importato dal Regno Unito con la formula tre per uno. Diceva il negoziante che un signore aveva ordinato una femmina, ma dall'Inghilterra spedirono anche due maschietti in una sorta di pacchetto, prendere o lasciare. La femmina andò a Parma, mentre Leporì e suo fratello rimasero invenduti perché all'epoca la razza jack russell era sconosciuta e nessuno avrebbe acquistato un cane non di moda. La gente smaniava per gli yorkshire e i carlini. I jack russell non se li filava nessuno. Con i denari della liquidazione della Casa del Parmigiano lo comprai a metà prezzo, quattrocentomila lire compreso un trasportino color celeste cielo, una confezione di crocchette e un collarino rosso. Sin da piccolo mostrò saldezza di carattere e improntitudine.

Eravamo alla fine del settimo manvantara, nel culmine del kali yuga. Correva il mese di settembre. Il cuccioletto jack russell non aveva mai affondato gli zampini nel prato, rosicato un ossetto, né seguito il volo del moscon d'oro nell'aria primaverile. L'immagine più nitida che ne conservo è quella di lui appostato sul bordo della fontanella della stazione di Orvieto. Sul passaporto dichiara quattro mesi di vita, il naso simile a una melanzana violetta, la pelliccia nuova, liscia come un filato di seta misto cachemire. Siede *en chandelier*, la testa gli pencola in avanti, col-

45

lassata per la maestà del muso. Ha appena scoperto i pesci che boccheggiano nell'acqua salmastra. I pesciolini dei ferrovieri sono bianchicci, mezzo albini come i *sorcier* africani. Forse hanno la vitiligine. Il cane tuffa a ripetizione una zampa nell'acqua, è goffo e impacciato. Rallegrato, uggiola, dimena la coda, moncherino frenetico lungo un palmo, accessorio idoneo a montare il bianco d'uovo a neve, fare la maionese e la pastella. I pescetti, disturbati dall'inetto predatore, fuggono guizzando in fila indiana, dall'acqua si sprigiona uno sbrilluccichio di scaglie d'oro.

Di colpo, mi ritrovo in una fiaba dove gli animali parlano.

«Ti voglio bene» dice Leporì, con la voce dei personaggi di un sogno. Prima di ragionare su quel che risponderò, ho già pronunciato la richiesta fatale, e sono fregata: «Lepe, insegnami a fare la cagnolina». Il cane mi guarda perplesso, come non avesse sentito. Gira il capino a dritta e a manca, scuote le orecchie, che producono un suono flaccido come fettine di sanato sbattute sul tagliere, poi le fa roteare vorticosamente secondo la meccanica del cestello della lavatrice nella fase centrifuga. Taccio vergognosa. In un amen orecchie, cane, fontana e pesci rossi si confondono in una zuffa degna del *Braccobaldo Show,* finché la scena torna al primitivo fermo immagine. Mi strofino le palpebre, il cane si è trasformato. Ora inforca un paio di occhialini tondi, e nella zampa anteriore destra stringe una bacchetta di nocciòlo. Sfoggia un papillon, un gilettino con tre bottoni di madreperla da cui pende la catena di un orologio da tasca e una giacchetta di lana di ottima qualità. Siede dietro una minuscola cattedra, sovrastata da un registro nero rilegato in zigrino. È il maestro Leprini. Con estrema cautela apre il registro, lo sfoglia umettandosi l'unghiolo, si sistema gli occhialini sul naso. Comincia l'appello.

«Frieda, Kim, Tom, Wolf».

Nessuno risponde; mi sento in colpa, biascico un flebile: «Assenti», in memoria dei pastori tedeschi del nonno. Il cane-magister si toglie gli occhialini, ci alita sopra e li strofina con un fazzoletto di batista, poi riprende:

«Pipino, Pipìa, Brick, Pompeo, Natalino, Spotty, Anselmino, Ginny, Carlina, Oscar Bourgois». Silenzio. «Lilla, Topolino, Chicca, Chicchino Chevallard, Gigia, Birillo Roncoloni, Pongo, Uffa, Valdi, Taro Ottino».

Non oso quasi respirare; nel silenzio si ode soltanto il fruscio sottomarino dei pescetti nella fontana. Quelli che ha appena elencato sono i nomi di parecchi dei nostri cani di famiglia e di quelli di conoscenti e amici.

«Insomma, in questa classe sono tutti assenti?».

Il maestro è spazientito, fatica a tenere aperto il registro, il cravattino gli stringe il gorguzzolo. Con fare improvvisamente inquisitorio mi punta contro la bacchetta:

«E tu chi sei? Ci sei solo tu?». Annuisco. «Perché gli altri non sono presenti?».

«Signor maestro, sono tutti morti».

Leprini ammutolisce, poi con poderosi starnuti esprime il cordoglio postumo per i cagnolini volati in cielo. Vorrei recitare un'Ave, ma ho paura di urtarlo. Magari si offende, allora prego mentalmente e già che ci sono dico pure un Pater e un Gloria. Il registro si richiude da sé con un tonfo sordo. La lezione prosegue a favore di un solo alunno.

«Tanto per cominciare, se vuoi fregiarti del titolo di cane, dovrai rosicare l'osso». E giù una bacchettata sulle mie mani. L'ordine mi coglie impreparata, avvampo, indietreggio.

«Ma come faccio a rosicare un osso? Rischio di spezzarmi i denti già solo con le croste di parmigiano. L'osso non fa per me».

«Sei proprio una stolta! Per noi cani rosicare gli ossi significa rendere omaggio ai nostri padri sciacalli. Un tempo i nostri padri erano costretti a seguire leoni, tigri e pantere nelle battute di caccia. Da veri poveracci quali erano, approfittavano degli avanzi di quei ricconi. Mangiavano i resti e talora, com'è scritto nel Libro d'oro dei cani, trovavano soltanto ossa. Al giorno d'oggi rosicarle è un tributo in memoria di quei tempi antichissimi».

Leprini mi fissa arcigno e fa spallucce, reputandomi indegna delle sue attenzioni finge di interessarsi ai pesciolini, rifugiatisi nel frattempo sotto la calla acquatica. Prende tempo per escogitare una punizione degna della mia arroganza. Senza troppa convinzione rimesta con la bacchetta l'acqua stagnante della fontana. Prova a infilzare un pesceto.

«Sei proprio ignorante! Andiamo avanti. Non dovrai mai assumere sale, né cioccolato. Mai! Quella roba per noi cani è deleteria».

Non oso fiatare, sono amareggiata, mi sento in colpa per tutto il cioccolato fondente divorato in vita mia; per darmi un contegno deferente mi guardo i piedi.

«Dovrai rotolarti sulle carogne in limine alle strade provinciali, comunali e interpoderali, su lordumi di origine animale e vegetale. Meglio se sorci morti. Ogni quindicina ingoierai lo stronzetto di un altro cane».

«No, la cacca di cane mai, signor maestro!». Il grido mi sfugge d'istinto dalla strozza. Giù una seconda bacchettata sulle mani. Mi viene da piangere.

«Quanto sei stupida! Le feci sono un ottimo integratore alimentare. Ricordati di accumulare le provviste per i tempi di magra, il bottino lo occulterai sotterra. Farai una cresta di pelo ritto sulla schiena per spaventare il nemico. Così sembrerai più grossa. Quando incontrerai un cane, maschio o femmina che sia, vi scambierete i biglietti da visita: tu dovrai odorare il deretano dell'altro e nel contempo offrire il tuo all'ispezione di prammatica».

«Io non cammino a quattro zampe, la mia è la stazione eretta».

La bacchetta si leva minacciosa ma stavolta sono pronta a schivare il colpo. Il cane, distratto dal volo di una dorifora, ci ripensa e nasconde lo strumento dietro alla schiena. Affetta indifferenza.

«Non mi interessa un fico secco, il galateo va rispettato. Andiamo avanti. Dovrai spidocchiarti quotidianamente, leccarti la pelliccia e gli zampini. I denti li pulisci rosicando gli ossetti, ma siccome hai detto che non vuoi provarci, terrai i denti sporchi, così ti verrà il tartaro, indi la piorrea. Rimarrai sdentata».

«Ma noi abbiamo il bagnoschiuma, ci laviamo nella doccia. Per i denti usiamo uno spazzolino e la pasta dentifricia, che sa di fresco e rende l'alito profumato...».

Il maestro Leprini mi guarda storto. Bagnoschiuma, doccia e dentifricio sono per lui termini ignoti. Fa per colpirmi con la bacchetta, la agita minacciosamente verso la mia faccia ormai imbambolata.

«Dovrai ululare alla luna piena e al suono delle campane,» prosegue imperterrito «così come facevano i padri sciacalli nelle lunghe notti della steppa. L'intonazione dovrà essere malinconica e sentimentale, vecchio stile. Dopo aver fatto i tuoi bisognini, rasperai con gli unghioni per terra, per seppellire le deiezioni. Il nemico non deve mai trovare le tue tracce».

«Noi la cacca la facciamo in un apposito vaso di ceramica coperto da una tavoletta iconograficamente fantasy, ubicato in una stanza detta gabinetto».

«Allora non c'è niente da fare». Il cane mi contempla sconsolato, agita debolmente il codino, poi lo reclina in posizione di riposo. Si gratta un'orecchia

49

con la bacchetta, che poi abbandona con delicatezza sul prato. Depone gli occhialini in una custodia rigida. Si stropiccia le palpebre. Scavalca la cattedra. Il registro precipita a terra, subito inghiottito dall'erba.

«Rosa, non sarai mai un cane».

Lo guardo speranzosa, ammicco. Magari cambia idea e mi fa diventare cane.

«Scordati il Paradiso».

«Scusa, ma che c'entra il Paradiso?».

«C'entra, c'entra. Solo i cani vanno in Paradiso». Tace gravemente, poi aggiunge: «Dammi un bacetto. E mi raccomando, non raccontare a nessuno quello che ci diciamo».

Provo una gran tristezza: il sogno sta per finire. Azzardo un'ultima domanda:

«Ma voi cani come ci vedete? A colori? O in bianco e nero?».

Ormai Lepe non risponde più, è attratto dal passaggio di un treno merci che in un vortice sferragliante di polvere e segrete verità si porta via l'inutile domanda. Anche se non mi ha risposto, scommetto che i cani ci vedono in bianco e nero.

4

Senza più un lavoro, e con un padre smemorato e avvilito, sul principiare degli anni Novanta caddi in uno stato di immedicabile prostrazione. Unico conforto erano il canetto Leporì e gli incroci obbligati sillabici, pubblicati ogni quindicina sulla « Settimana Enigmistica ». Mio padre spettegolava con i defunti ciociari, le cui maldicenze risalivano attraverso il tubo dell'acquaio. Io mi aggiravo nei pressi brandendo il tovagliolo per scacciare il gatto ovvero una scopetta di saggina. Le infamie dei congiunti morti le captava medianicamente anche il cane, che sovente si piazzava vicino al lavandino e torceva il collo per sentire meglio. Sul far del giorno mio padre, aizzato dai messaggi provenienti dall'aldilà, masticava foglie di alloro in preda a conati divinatori. Non si ricordava più dove avesse parcheggiato la Mercedes, anche se stava sotto la finestra lui si affacciava e non la vedeva. Urlava che gli era stata rubata. La vettura scomparsa era per certo nascosta in un garage dove qualcuno la smontava pezzo per pezzo, ovvero, con una targa falsa, viaggiava alla volta della Moldavia, dove sarebbe stata rivenduta al re degli zingari. Avrei voluto fuggire a bordo dell'auto rubata, perché dalla miserabile plaga ove boccheggiavo non c'era verso di ritrovare il casello per imboccare l'autostrada della vita, la stessa su cui sfrecciava Kevin Costner, bello come il sole, nei titoli di testa di *Fandango*. Appena potevo, mi stendevo sul letto singolo; anche di giorno, perché almeno lì non succedeva niente di brutto. Al mattino non dovevo più scegliere il vestito, non sapevo dove andare, per me c'era solo la rozza campagna. Vagavo trascinata dal cane, che non doveva abbigliarsi: lui aveva sempre la stessa pelliccia estate e inverno. Affondavo nelle zolle umide, il fango si appiccicava alla suola delle scarpe da ginnastica finché non si facevano pesanti come i piombi di Pellico allo Spielberg. Indossavo una mantella di loden blu ormai molto consunta pensando di assomigliare a Ida Rubinstein in divisa da crocerossina ritratta da Romaine Brooks nel 1914. Sotto sfoggiavo l'underwear scolorito e sfilacciato che nessuno avrebbe mai visto. Nemmeno io, perché mi spogliavo e rivestivo nella tenebra. Se un bruto mi avesse sorpresa sola col cane fra le vigne e gli fosse venuto l'uzzolo di sodomizzarmi con una pannocchia, una volta dilacerate le mie povere vesti, di fronte allo spettacolo delle fruste mutandine e del reggipettino rammendato, avrebbe desistito dall'immondo proposito: per puro sconforto. Mi sarei salvata grazie alla miseria dei miei indumenti. In preda allo scoramento, ogni tanto mi costringevo a rinnovare il corredo. Nello squallore della cameretta, le mutande di cotone bianco, comperate con altri infimi capi da mercato rionale, incutevano soggezione. Non avevo il buonsenso di indossarle per una sorta di indegnità ontologica e per non sciuparle. Le frullavo nel primo cassetto del comò in attesa di un'occasione felice, di tempi migliori che non sono mai arrivati. Ovvero non sono venuti come me li figuravo io. Correva il mese in cui morì Giovanni Spadolini. Erano tempi grami. La mia massima ambizione era indossare un vestito da sera con le spalline di strass e degli scarpini di raso color oro, per un evento mondano tipo un ballo di gruppo della Misericordia di Santa Laura, o un ricevimento del Rotary presso una trattoria sulle rive del lago di Chiusi. Al massimo fui invitata a una prima comunione di bimbi rom dati in affido, alla quale ovviamente non andai. L'unico legame col mondo dei vivi era il cane, insieme ai quotidiani che leggevo a sera, quando ormai le notizie erano rafferme.

Di mattina vagabondavo con Lepe fra le erbe intirizzite dalla brina, su un tappeto di crepitante verzura ingiallita; poi, verso le undici e trenta, vinta dall'ambascia, cominciavo a sbucciare patate. Radio Radicale diffondeva a manetta il *Requiem* di Mozart, alternandolo con la *Trauermarsch* di Mahler. I tuberi vegetavano come sempre in un canestro ornato da una fusciacca gialla impolverata. Di varietà primaticcia, sporche di terra, bitorzolute, flaccide. Dai corpi spuntavano delle radicine bianche in cerca della luce. I rizomi protendevano i loro stenti braccini vegetali verso la fiamma di Dio. Le patate, a differenza di me, vivevano. Dio le amava. Le patate bussavano e Dio apriva loro la porta. A me non mi apriva nessuno. Le bucce cadevano nel secchio verde della spazzatura con languida mollezza. Benché mutilati, i tuberi vivevano ancora. Tagliati a tocchetti, finivano dentro una pentolina smaltata, manufatta a Częstochowa, dal rivestimento altamente tossico. Ci versavo la passata di pomodoro industriale, fino ad annegarle pietosamente. Mentre attendevo alla cottura, a tratti mi assopivo su una brutta sedia, che mia madre aveva dipinto di nero. Al risveglio, la fecola, in seguito a misteriosi processi chimici, si era raggrumata, e formava una patina appiccicosa, che si sarebbe rivelata migliore della coccoina che spalmavo sul retro delle figurine dell'albo di Topolino. Delle patate, così come le conosciamo, sopravvivevano solo minuscoli filugelli di polpa disidratata. Il pomodoro era schizzato sul piano cottura, dove era bruciato. Non le ho mai mangiate perché mi veniva da piangere.

Per dialogare con mia madre su questioni che non fossero strettamente letterarie, tipo i connotati di Salinger, a me sempre invisi, lui e quel Caulfield della malora, e più in generale sulla *Weltanschauung* di Erika Mann, il postulante di turno era obbligato ad affidarsi ai buoni uffici del cane. Mia madre ne ha avuti per tutta la vita, a ondate per razze, con una predilezione per quelli di genealogia tedesca. Raffaella era ossessionata da un aristocratico horror vacui. Come figlia cadetta, fui pertanto educata alla consapevolezza e ai pericoli di tale stato, nonché iniziata all'eterogenesi dei fini, che trova la sua massima espressione concettuale nella noia casalinga. Anche nella variante minore del *taedium vitae extra moenia*, ben prima che avessi gli strumenti intellettuali per deliziarmene. Predicava che gli ottusi non conoscono il tedio e che pertanto, annoiandomi fino al deliquio, dimostravo una mente superiore alla norma e un'intelligenza mista a raffinata sensibilità che m'avrebbe trionfalmente condotta, a bordo di un fiacre proustiano carico di romanzi da lei selezionati, nel salotto della duchessa di Guermantes. Le letture mi avrebbero affrancata dall'orrore di quella vita da morti di fame che menavamo in campagna, fornendomi un lasciapassare intellettuale con il quale avrei potuto ambire a collocarmi ai vertici della società del pensiero. Il carro del trionfo non è mai passato; l'unico mezzo di locomozione che abbia arrembato è stata una sgangherata carretta, come quella che conduceva gli aristocratici alla ghigliottina. Il veicolo ha traballato per anni fra ali di minacciosi lettori assetati di sangue, irrorato da innominabili lazzi e lanci di ortaggi putridi in faccia, finché non si è schiantato il mozzo di una ruota e sono rovinata a terra nel fango. Colpa dell'ipersensibilità avuta in dote, del *morsus inversus* e degli occhi verdi.

Avrei sofferto, dichiarava mia madre, per tutta la vita. Il dolore m'avrebbe forgiata. In alternativa, lo stesso acuto dolore poteva annientarmi, se quello era il mio destino. Lei non poteva saperlo. Comunque c'era sempre il cane, *Polnischer Korridor* verso mia madre, unica via di fuga.

Non importava se vigesse il coprifuoco, divampasse la guerra, o vi fossero rastrellamenti con rischio di fucilazione: la Pupa dava il tormento in sordina, come un'antica siringa di Pan occlusa di ragnateli, un continuum che avrebbe esasperato perfino santa Gemma Galgani. Ogni quaranta minuti dichiarava che il cane si annoiava, pertanto doveva uscire all'aria aperta. Secondo lei si annoiava perché non aveva il diversivo della lettura. Noi, a differenza del cane, leggevamo tutto il tempo fino a cecarci: romanzi russi, saggi di tassidermia, vocabolari nomenclatori, manuali Hoepli di mineralogia, favole, poesie di Rilke, sillogi della perfetta sposa cristiana, storie inglesi di larve infestanti, trattati di metafisica, *La guida dei perplessi* di Maimonide, la *Bibbia dei Settanta*, ebdomadari vecchi e vecchissimi, i bugiardini delle medicine e *Oliviero Twist*. Andavo pazza per *Il medico in famiglia*, esaustivo manuale di «Selezione dal Reader's digest» concepito per diagnosticare in casa patologie rare e non. Tuttavia, anche a forza di leggere, la noia comincia a strangolarti e non c'è scampo. Si boccheggia sul divano, il viso è terreo, le orecchie ronzano, il sudore spillato dalle ascelle forma gore bianchicce sulla maglia. A nulla vale sfregarla nel lavandino con una spazzolina per le unghie e sapone di Marsiglia. Il sudore rinsecchito penetra nelle fibre, si annida nelle cuciture del girospalla come l'angoscia nel profondo dell'anima. Per sfuggire alla garrota del tedio provai a leggere una batteria di romanzi in contemporanea, ma anche tale espediente si rivelò inutile.

«Il cane si annoia». La frase cadeva come una pera decana ormai sfatta nel silenzio del soggiorno, uno stanzone ove il cafarnao regnava, coi mosconi imbalsamati negli angoli, sovrastato da un lampadario con i bracci in ottone che ogni tanto ballava da solo, visitato dal fantasma del bisnonno senatore del regno. «Il cane si annoia». Mia madre lo salmodiava anche ai tempi di Pipìa, abituato a fare un giretto attorno a casa da solo, periplo culminante in una pisciatona sui fianchi del bidone comunale della spazzatura; ché Pipìa, a differenza di Leporì, era un canettino mite e ubbidiente, avvezzo a cavarsela da solo. Qualsiasi cosa stessi facendo, anche la cacca, dovevo interrompere subito; nemmeno l'agio di tirarmi su le mutande e dovevo scapicollarmi col batticuore fuori di casa: detestabile occorrenza da me battezzata «sindrome Céline». In *Morte a credito*, ogni volta che Ferdinand siede al gabinetto succede qualcosa: la madre rovina da uno sgabello, s'incendia la tenda della cucina, l'acquaio zampilla peggio della fontana delle Cento Cannelle, la nonna ha un malore, la nonna muore. Ero obbligata ad accalappiare il cane, mettergli il collare e partire. Sono certa che, se anche fossi stata prossima al trapasso, mentre il prete avesse arrancato per le scale con la tonaca sollevata per impartirmi l'estrema unzione, mia madre mi avrebbe intimato di alzarmi e uscire con il cane. Così io e Leporì erravamo per lande spelacchiate e ostili.

Mia madre, sprofondata nel divano amaranto, si ingozzava di leccornie. Leporì la braccava. La frangetta le ombreggiava le palpebre a mo' di fosca tendina. Mollette tempestate di strass pendevano dai cernecchi più acuminate di lancette d'orologio. Il servizio da tè di porcellana di Sèvres minacciava di rovinare sul tappeto cinese. Mezza banana riposava sul bracciolo della poltroncina di Balla. Il cane la insidiava famelico, ritto sulle zampe posteriori, gli unghioni piantati sulla sua spalla indifferente alla questua. Raffaella infilzava elegantemente uno spaghetto con la punta di una forchettina da dolce e con mano malferma lo indirizzava verso la cavità orale. La pasta le svolazzava in grembo. Allora appoggiava il piattello di traverso su un cuscino di broccato. Il cane si avventava sulla matassina di spaghetti al pomodoro fresco, ormai rovinati fra i cuscini della seduta, ove sarebbero scomparsi. Lei rosicava un salatino, rompeva una noce. In subordine il canettaccio mangiava dal piattino da frutta che mia madre appoggiava con negligenza in ogni dove, spalliera del divano, elementi del calorifero, talora per terra fra i piedi. Si strafogava di salame ungherese e gorgonzola, pizza margherita e fiori di zucca fritti, quasi fosse conscio di trovarsi in un arcaico universo popolato da predatori feroci e prede inermi. Se voleva sopravvivere si doveva spicciare. Leccava il piatto ben bene, ripuliva con perizia certosina anche le coppe ove mia madre scucchiaiava il gelato industriale gusto malaga. «Il cane si annoia». Una volta saziato, il cane si allontanava guidato da altre urgenze, tipo andare a controllare se fosse caduto un uccellino dal nido o un gattaccio avesse orinato sulla salvia. Mia madre, preda della cecità cagionata dal frangettone infestato di mollette di strass, riponeva il vasellame sulla piattaia sopra al lavello della cucina. I piatti erano netti, non c'era bisogno nemmeno di un risciacquo.

Leporì era ghiotto di cioccolato. Gli garbavano anche le terribili banane Perugina, che una volta ci furono regalate da un geometra di Civita Castellana a cui mia madre aveva tradotto gratis un fax in tedesco. Appena udiva il rumore dello scartocciamento della stagnola, drizzava le orecchie e si slanciava verso il cespite abbaiando. Zompava come un canguro, le fauci spalancate. Bisognava difendersi a mani nude. Per mangiare un cioccolatino fondente al settantacinque per cento dovevo barricarmi nella Nissan Micra. Il cane mi assediava grattando con le unghie sullo sportello lato guida. L'utilitaria sussultava, sotto i colpi del mostro a quattro zampe. «Il cane si annoia».

Un pomeriggio mia madre gustava cioccolato gianduia con nocciole Piemonte intere, e un frammento delle medesime finì incastrato nella raffinata protesi ortodontica. L'impianto si componeva di due capsule cave di fine porcellana Bavaria forgiate a molari, affratellate da un lieve ponte metallico. Senza indugio, mia madre, a onta del cane avvinghiato al costato, sputò la protesi, per liberarla con l'ausilio di un ago dal pezzetto di nocciola. Nemmeno il tempo di stringerla fra pollice e indice che Leporì l'aveva ghermita e lesto fuggiva al galoppo in giardino per rosicarla in pace. Invano cercammo la dentatura confusa nella ghiaia per giorni e giorni, reiterando la preghiera rivolta al ladro: «Lepe, dove sono finiti gli zannoni della Pupa?». Quando, ormai rassegnate alla grave perdita, avevamo preso appuntamento con il dentista, Leporì riportò la refurtiva sul tappeto del salotto. Le zannette materne erano integre, eccetto alcuni graffi profondi simili alle fenditure dei corsi d'acqua sotterranei, gli uadi della penisola del Sinai. La Pupa si illuminò. Raccolse i denti e, sciacquatili sommariamente nel lavandino della cucina, li inzeppò al loro posto per sfoderare un sorriso pubblicitario, degno della pasta dentifricia di Virna Lisi.

Il cagnolino da benestanti e io erravamo come frati elemosinieri per campi arati; talora indossavo un cappuccio. Recitavo le Lauretane. Ci trascinavamo lungo strade bianche, sul ciglio sconnesso della provinciale invaso da bottiglie di plastica; ogni tanto transitava un'utilitaria rosso fuoco, un maiale sul cassone di un'apetta, un camion che trasportava graniglia. I piloti si torcevano come anguille, guatavano con maligna curiosità, come se invece di una signorina di buona famiglia e un canetto inglese avessero incrociato due apolidi con occhi di bragia come i lemuri del Madagascar. Svicolavamo nei vigneti spogli, era sempre inverno. A tratti, impacciata dalla mantella di loden, incespicavo, mi storcevo la caviglia. Il cane braccava piccoli roditori, scavava cunicoli da cui estraeva miserrimi mucchietti di paglia misti a topolini ciechi, tosto accoppati; indi manifestava la sua insofferenza deambulando stizzito su tre zampe. Prima del tramonto approdavamo al cimitero, nella privacy della cappella di proprietà. Leporì prediligeva i loculi, le crepe dei muri ove oziano le lucertole, i fiori marci, l'acqua putrida dei relativi vasi, da cui si abbeverava anche se non aveva sete, i tronchi degli alberi pizzuti e i fuochi fatui. Io ho sempre amato il silenzio gremito di anime, il superamento della lotta di classe conferito dallo status di defunto, che tutti accomuna, nonché la quiete e l'atmosfera profana di vita eterna che aleggiano nei camposanti come la nebbiolina sulla piana di Alviano da quando hanno costruito la diga di Corbara.

Il cane mi imponeva lunghe, inani soste di natura contemplativa accanto ai bidoni della spazzatura, da lui elevati al rango di *temenos* junghiani. Sulla via di casa era obbligatorio appostarsi presso rustici pollai fortificati, che tumultuavano sconvolti da un trettichio di posatoi aerei, in un agitarsi scomposto di piume, in frullii di ali inette al volo. Battevamo diruti manufatti, pericolanti baracchette, rimesse agricole, vecchie stalle abbandonate, ove a parere del cane a-leggiava un tanfo su cui egli avrebbe investigato in chiave batteriologica. Vestiva i panni dell'ispettore Leprini. I reperti consistevano in sbrendoli di carogne in putrefazione, piccoli roditori investiti da un'automobile, scarti di cibo necrotizzati, tipo rimasugli di capocollo artigianale e croste di porchetta, nei casi più ordinari semplici deiezioni canine. Stremata dalle stazioni di una quotidiana via crucis, dopo quarantacinque minuti lo strattonavo via. Il cane si rivoltava, digrignava i canini, increspava i labbruzzi, faceva gr gr gr, esibiva la cresta di peli irti sulla schiena. Sua intenzione era incutermi terrore. Il sopralluogo non era ancora terminato. Una volta nel soggiorno, mia madre, sempre stravaccata sul divano amaranto, pretendeva un rapporto dettagliato sulle intraprese del manigoldo durante la libera uscita. Quante lucertole aveva acciuffato? Aveva forse ucciso un gattino nato cieco? Inseguito un agnello? Deambulato su tre zampe? Ingurgitato qualche inverecondo porcume? Aveva fatto la cacca? Dove? Di che colore? Era molliccia? C'erano i tricocefali?

«Il cane si annoia».

Genealogie obliate ovvero ignorate avevano fatto capolino fra i costellanti, per essere repentinamente risucchiate nel cerchio di sedie raccapezzate. La signora che rappresentava mia madre con subitaneo gesto scrollò le spalle, la trisnonna Clelia, impicciata dalle crinoline ottocentesche, fece un balzo all'indietro. Fissava con aria di rimprovero la bisnipote Raffaella, la quale, incurante della mancanza di rispetto appena dimostrata, rivolse un gelido sguardo alla muta pattuglia dei familiari. È palese, chiunque può constatare con quanta benevola indulgenza li abbia sopportati. I Rappresentanti erano intimiditi, non osavano guardarla negli occhi. Appena abbozzò un passo verso di loro, i maramaldi si strinsero l'uno all'altro; indifferente all'agitazione, la signora proseguì diritta, a testa alta, fendendoli come oleogrammi, e insinuatasi fra i corpi ammassati in un estremo tentativo di difesa ne cavò fuori mio padre. Trascinandolo per un braccio, lo sistemò al centro del cerchio. Che tutti potessero vederlo. Che cosa nascondeva nelle tasche? Ma che domande! Il suo braccialetto di corallini, quello che aveva sin da bambina! Era l'ultimo ricordo della governante tedesca, di quella Fräulein che l'aveva cresciuta come una mamma, a scapito della nonna Maria, declassata al rango di mera fattrice. Che il braccialetto venisse mostrato agli astanti, e tutti potessero ammirare la semplice bellezza del commovente gingillo! Raffaella era stata allevata in un microcosmo a madre unica gestito dalla Fräulein; comunicavano con un linguaggio cifrato, oscuro al parentado e al consesso urbano della rupe. Discorrevano in *alte Deutsch*, l'arcigna governante bavarese e la contessina treenne costretta a spossanti marce lungo la Confaloniera, già viale Giosuè Carducci. «Ricordati che sei una bambina tedesca».

Era giunta l'ora di svelare che razza di guascone fosse mio padre, un ribaldo senza scrupoli, pronto a rubare i ricordi sentimentali dei suoi cari. Mentre la Corea del Nord indiceva una settimana di lutto nazionale per la morte del leader Kim Il Sung, mio padre, sempre a corto di soldi, ci dava dentro con le corse dei cavalli. Per scommettere su Lorelei e Nespolino Sir, migrava verso la sala giochi di Viterbo. Nonostante si fosse già sparato tutta la pensione al lotto, sulle ruote di Venezia e Torino, raggiungere in un pomeriggio di luglio la sordida sala scommesse viterbese in località Mammagialla fu questione di vita o di morte. Dopo aver cercato, come un rabdomante ossesso, spiccioli financo nella zuccheriera, e non avendo trovato nemmeno una zolletta, il tristo non esitò a ghermire l'antico pegno della Fräulein e a saltare in macchina stringendolo in pugno. In quel mentre mia madre, soffocata da un attacco di tosse secca, raspava nel trumeau della camera matrimoniale alla cerca di una pastiglia di liquerizia Tabù; affondando nel primo cassetto tra fazzolettini, lettere d'amore infiocchettate, cartoline da Monaco di Baviera, spilloni da cappello, fermacapelli in madreperla e rossetti di Yves-Saint-Laurent, si accorse del latrocinio appena consumato. Fu l'unica volta che la vidi fuori di sé dalla rabbia. Non si era mai curata della rovina domestica, aveva perduto brillanti, giri di perle, manicotti di ocelot, palazzi aviti, manieri, mezzadri, cuoche, cameriere personali, governanti, maggiordomi e autisti, e perfino la Bugatti; ma l'unico vero dolore che albergava in lei era cagionato dalla scomparsa della Fräulein tra le rovine del Terzo Reich. Il braccialettino rubato era il suo feticcio intoccabile, pegno di amore infantile e sacro per la sua amatissima vicemadre: la governante tedesca. Quella Fräulein che per lei era arrivata al punto – almeno così narrava – di addomesticare una civetta. Quando mio padre era già in fondo alle scale, e stava per svignarsela scortato dal suo gattaccio nero, mia madre irosamente si incarnò nella statua terrificante del Commendatore. Di colpo eravamo tutti precipitati nel finale del *Don Giovanni*. La casa fu scossa da un'ira numinosa, incontenibile e lapidaria.

Il Fato punì mio padre e con le sue bizzose circonvoluzioni dispose che Nespolino Sir, dato per vincente uno a cinque, si azzoppasse rovinando miseramente sul filo del traguardo, fra le polveri dell'ippodromo di Capannelle.

5

Alle diciotto e ventotto una moretta dotata di sha-
tush giallo olio di semi vari su base castagna leva il
braccio come a scuola e chiede il benestare ad andarsene: deve saltare su un interregionale diretto a Loa-
no. Renato Wok annuisce con rapidi segni della barba caprina. I presenti, bruscamente risvegliati dall'a-
tassia pervasiva, guardano inebetiti nel vuoto. Un
ipermetrope alla mia destra fruga nel borsetto di cuo-
io anticato, ne cava un pocchetcoffi e lo scartoccia
con prudenza guatando ansioso i convitati. Ho freddo. Ho sonno. Ho fame. Ormai è tardi per fare una
lavatrice. Nel silenzio della mia anima stranita invidio
quello che si è pappato il cioccolatino al caffè.
Il lungo piano sequenza del terzo occhio mistico
inquadra la signora Sciarpa Arcobaleno, mia madre.
Le mani sui fianchi, a gambe larghe, fissa minacciosa
la controfigura di mio padre. È un uomo giovane che
si comporta da vecchio, ha un paio di vetuste polac-
chine grigio topo che papà non avrebbe mai calzato.
Pantaloni con le pince di velluto blu a coste. Chissà
cosa gli farà. Un marito che non aveva mai avuto vo-

glia di lavorare, e non ci aveva mai nemmeno provato. Uno che non era stato capace di mantenere con decoro la propria famiglia. Essere un gran sognatore non gli bastava, no, mio padre voleva innalzarsi al livello teorico. Sfornava tavole cabbalistiche, mio padre. Divinava il futuro attraverso ogni simbolo, anche il più stravagante: due cifre uguali incolonnate l'una sopra l'altra in una targa automobilistica erano ai suoi occhi un segno del destino sufficiente a dargli un motivo valido per precipitarsi alla sala corse. Mio padre prosperava nel mondo delle fole, e ci gettò sul lastrico inseguendo la Fortuna al lotto. Era convinto che prima o poi avrebbe vinto un mucchio di soldi, alla faccia di quei genitori che si spezzano le reni a colpi di ramazza sui marciapiedi, che guidano camion con il rimorchio, che si alzano quando ancora è notte per andare a lavorare in malsani opifici, o si calano in condotti fognari con le ginocchia affondate nella melma. Un bugiardo, un visionario, un ladruncolo. Un tipino che per farsi perdonare portava a casa cartate di prosciutto di Parma e tranci di Parmigiano Reggiano, destinati ad ammuffire nel marasma del frigorifero. Ecco chi era mio padre. Magari fosse stato un delinquente fatto e finito, si doleva mia madre, almeno avremmo vissuto negli agi derivanti dalle truffe, dalle mallevadorie, dai raggiri, invece mio padre era un fessacchiotto, uno sprovveduto, un seduttore da prima classe di littorina. E per di più era uscito di scena all'improvviso, in un incidente di macchina. Una di quelle morti che lasciano i congiunti spaesati, perché di colpo non c'è più tempo per protestare o rappezzare le magagne. Mia madre, allorché venne informata del decesso, non si disperò come ogni vedova costumata, si limitò a manifestare il suo disappunto scotendo la testa. Io piangevo mentre Lepe mi trascinava lungo un fosso nei pressi del neonato discount a Sferracavallo. Papà con me è stato un padre tenerissimo: nessun genitore impegnato con un lavoro ministeriale, anche part-time, avrebbe potuto essere più affettuoso. C'era, e contemporaneamente non c'era; in questo è stato simile a tutti gli altri padri.

Wok chiede: «Come sta il Padre?». Il Rappresentante in pantalone di velluto a coste non ha il tempo di spiccicare verbo perché la signora Sciarpa Arcobaleno lo aggranfia per una spalla e, senza che quello possa reagire, lo spintona con virulenza fuori dal cerchio. Non vi sarà ammesso mai più. Fuori uno. Di fronte al miserrimo dramma coniugale, gli astanti manifestano segni palesi di tedio, se non di insofferenza.

Nel gennaio del 1996, dunque, mio padre fu incluso a pieno titolo nelle statistiche dell'Ania, dell'Aiscat e della Società Autrostrade sui morti per incidente stradale. Fu uno dei seimilacentonovantatré morti dell'anno, ricompreso in quel sessantatré virgola quattro per cento di morti conducenti, contro il ben più misero ventiquattro virgola sedici per cento di morti passeggeri.

Pochi mesi dopo, mia madre e io ci trasferimmo in una casa con giardino, ubicata in un remoto quanto pittoresco scapicollo agreste. Nelle campagne umbre, già Stato Pontificio, eravamo lontane da ogni forma di umano consorzio, il che predispone a modeste speculazioni di carattere antroposofico sulla presenza di un principio divino nelle specie vegetali e nei piccoli animali da cortile, segnatamente le galline ovaiole e i conigli da carne. Nella nuova magione si poteva lasciare il portafoglio nella borsa senza il timore che mio padre lo ripulisse di soppiatto. Un morto non può fare queste cose se non nei romanzi di Stephen King. Ma l'abitudine a occultare il denaro era così profondamente radicata in me che almeno per un biennio perseverai nel ficcarlo nei recessi più impensati: nel telaio di una porta, in un calzino di spugna, dentro la *Legenda aurea* di Jacopo da Varazze, in particolare fra le pagine che narrano la vita di santa Taide.

«Il cane si annoia».

La dimora con il giardino era stata acquisita per il cane, acciocché si affrancasse, e non fosse più costretto a essere passeggiato da me. Ma anche nel villino Leporì andava intrattenuto, perché, come tutti sanno, i cani in giardino da soli dopo pochi minuti si annoiano. Se scendeva in giardino da solo era esclusivamente per seppellire degli ossi di vitello, con l'intento di costituire una provvista di cibo per l'incerto futuro. In subordine, durante la bella stagione, vi praticava l'arte venatoria: cacciava uccellini caduti dal nido, giocava a football con il riccio, inseguiva bisce e lucertole. Mai il rospo, perché il rospo lo rispettava non meno della Marsilia, una vicina di casa.

La Marsilia, infatti, Leporì l'ha sempre temuta, mai aggredita come faceva con tutti gli altri visitatori. La riconobbe da subito di nascita a lui pari, ma di stazza incomparabilmente più maestosa. La Marsilia da lontano sembrava un frigorifero Zoppas della fine degli anni Cinquanta; era sempre armata di una roncola e di una sportina di plastica. Contadina inurbata a Roma, durante la guerra si era arricchita con la borsanera, trafficando con uova, farina, prosciutti e surrogato di caffè alle ghiande o alla cicoria. Era tornata al paese natio da pochi anni, a godersi i ben meritati guadagni. Veniva in visita nella controra ed emetteva solo arcaici monosillabi. Ricevuta estate o inverno su una panchina di legno che avevo comprato con un'offerta soci Coop, non ha mai messo piede in casa. Talora recava in dono un chilo di zucchero semolato, in memoria dei tempi delle tessere annonarie, oppure una bottiglia di vino acetificato tappato con un pezzo di federa. Non guardava mai le interlocutrici, né il cane. Il cane non lo considerava, e quello si immalinconiva. La Marsilia passava l'esiguo tempo della visita scrutando, con occhio esperto di agrimensora, il ciliegio, il fico, il pero, il melo annurco, il gelsomino, il melograno, le peonie, i crisantemi, la vite americana e tutte le altre piante che allignavano caoticamente in giardino. La rustica era in grado di smascherare da una distanza di dieci metri i pulcioni che insidiavano i boccioli delle rose antiche. Un giorno portò con sé un falcetto infilzato in cima a una pertica, e con quello si accanì a sfrondare i rigogliosi polloni delle acacie. Mentre lei decapitava, io, moderna Biancaneve, raccoglievo le frasche irte di nere spine venefiche. Volli provare a imitarla, afferrai lo strumento e lo brandii come un vessillo. La rude alabarda pesava all'inverosimile. I miei braccini avevano la consistenza della ricotta vaccina, virante, per lo sforzo, verso lo squacquerone messo a dimora nella piadina romagnola. La Marsilia scuoteva il capo, mormorando: «State attenta che ve fate male, se vede che sete nata signorina». Per quanto mi impegnassi fino al parossismo, non recisi nemmeno un virgulto. La Marsilia parlava esclusivamente dei suoi averi, decantava gli appartamenti di proprietà a Roma e la casa colonica dell'infanzia umbra, ormai restaurata con tutti gli accessori moderni e pertanto degna dell'epiteto di villa, destinata «a le mi nepote». I nipoti in questione erano due adolescenti obesi che transitavano sul sedile posteriore della familiare, guidata dal padre, ingozzandosi di fieste al curaçao. Gli incarti li gettavano dal finestrino, sempre davanti al nostro cancello. Non hanno mai salutato, nemmeno con un cenno del capo.

A parte la fiera Marsilia, Leporì era incline ad aggredire sessualmente tutti i visitatori: si avventava in genere sul seno delle donne e sulle pudende maschili; ma talvolta anche sui polpacci, come nelle barzellette illustrate. Strappò più di una camicia a quadri e svariati jeans anticati con la candeggina. Affondò i canini su una postina cococò che aveva avuto l'ardire di mettere un braccio entro le sbarre della recinzione, e sul prete in sobrio clergyman che veniva a impartire la benedizione pasquale. Quando non faceva il vigilante, Lepe era un infermierino santo. Se ero costretta a letto, con l'influenza o qualsivoglia sindrome femminile, si piazzava al capezzale. Mia madre sosteneva che, consapevole dell'indisposizione, il cane prestava i suoi conforti al malato come nurse canina. Io invece ho sempre creduto che lo facesse perché se fossi caduta in deliquio lui avrebbe avuto carne fresca a disposizione. Talora si avventava sugli alluci, tentando di svellerne le unghie.

Una domenica mia madre lesse sulla «Gazzetta dell'Alta Valnerina» che nei pressi di Narni due cacciatori avevano trovato orme di felino e avevano avvistato l'eloquente sagoma di una pantera, forse una belva evasa da un circo. Da quel giorno decisi di uscire con il cane soltanto sulla Micra. Temevo che la pantera di Narni, nella sua fuga avventurosa, si potesse spingere fino a Orvieto, località non eccessivamente remota per una belva capace di raggiungere i cento chilometri all'ora. Se la fiera si impegnava, ecco che in un'ora e mezzo ce la ritrovavamo in giardino. Leporì non avrebbe esitato a insolentirla in linguaggio canino e a sfidarla a duello. Pregavo che la pantera di Narni andasse verso est, in direzione Civitanova Marche. Si sarebbe trovata bene sul monte Vettore, o sul monte Cucco, luoghi selvaggi, più adeguati a offrire ricetto a un felino di grossa taglia. La psicosi della pantera vagante di Narni durò mesi. Con la Micra linda e profumata dall'Arbre Magique allo zenzero e limone, ci portavamo a duecento metri dalla magione, nell'area dei cassonetti della spazzatura. Per sicurezza, spalancavo lo sportello lato guida, lasciando la chiave inserita nel cruscotto. Se la belva ci avesse importunato, potevamo rapidamente riparare a bordo e fuggire. La vetturetta era parcheggiata in posizione strategica di start e subito sprint, con i finestrini ermeticamente chiusi. Accanto prosperava il rigoglioso boschetto di quercioli ove risiedeva la gatta-brutta, alias la Bérenge, da me così chiamata in omaggio alla portinaia di Céline. La poverina vantava un mantello fulvo e nero corvino simile a una frittata, il musetto per metà giallo vomito per metà nero. Lepe la odiava.

Da quando non ho più un cane, la mia vita è un moto circadiano in bilico fra la mancanza di una via di uscita e l'imperturbabile, rassegnato, ipocrita tirare avanti come se niente fosse. Infatti niente è. Mi manca un cane, sono incapace di vivere senza. Stoicamente resisto, faccio spallucce. Preda di acutissime crisi d'astinenza, mi intrattengo con le bestioline degli sconosciuti, le blocco per strada e familiarizzo con loro. Prediligo bulldog francesi, king charles spaniel e shar pei. Con i diffidenti passeggiatori scambio modesti convenevoli. Sovente chi conduce un canetto al guinzaglio ignora i fondamentali del behaviorismo canino, non discerne un molossoide da un mops, è incapace di interpretare l'alfabeto morse delle code. Bazzico cagnoli di conoscenti e vicini di casa, che attiro con i premietti al gusto manzo marca Stefanio. Il mio preferito è il condomino Dante Romeo, bassotto tedesco a pelo ruvido. Alle otto e trenta, con un apposito fischietto, lancio un richiamo imperioso davanti alla porta di Dante. La padrona sovente dorme ancora. Il bassotto uggiola dietro la porta che ci separa. In pigiama, con gli occhi gonfi di sonno, la signora Romeo socchiude la porta e mi consegna il cane. Andiamo a fare il girettino. Lo conduco al guinzaglio nel labirinto spisciolato dei caruggi. Sostiamo in vane, oziose tappe nel limitrofo vico della Neve, sorta di budello in salita già latrina urbana, ove il cane studia rivoli gialli paglierino annidati fra le connessure del lastrico. Se potesse, ne berrebbe a grandi sorsi. A tratti guizza la sagoma di un ratto genovese, simile a una patata dolce, che scompare repente in un tombino. «Dante si dilunga». Gli ammollo un leggero calcetto nel popò, punizione che non fa male e lo costringe a riprendere la marcia naso a terra. Si riparte al mezzo trotto. Con il codone a metronomo, il bassotto tedesco scandisce minuti di felicità assoluta, finché dallo stato di perfezione bighellonante passiamo a un altro tempo, fatalmente imperfetto. È il momento del gioco dell'uva: ognuno a casa sua. La vita con il cane in comodato è deliziosa comunque, anche nei mancati cominciamenti e nelle giornate alluvionate. Nel primo pomeriggio mi intrattengo con due carline venditrici di calze per signora, Page e Nutella Saldi. Ho eletto il loro negozio a mio fermoposta. I mops sono enigmatici: Page è in via di mummificazione da viva, ritengo che abbia una sorta di progeria canina. Una volta giacque supina sull'uscio della boutique e un'improvvida passante la credette morta. Un urlo alla Munch squassò via Luccoli. Michela, la titolare di cane e negozio, venne meno, perdendo i sensi sull'espositore di guêpière leopardate.

Quando abbraccio i cagnolini degli altri, mastico amaro. Resto insoddisfatta, mi intristisco perché non ho più un cane. Io stessa mi sono sentita sempre un cane più che un creatura umana del Signore. Come cane femmina di taglia media non sono credibile, e sono malriuscita come persona: piena di fisime, sempre scontenta. Mia madre mi ha tollerata come conduttrice ausiliaria di cani: non aveva altri da schiavizzare. Leporì non è stato l'animale da compagnia di una gran dama, bensì la vittima sacrificata sull'ara di un affetto segreto e indicibile, quello tra madre e figlia: che sempre ci fu proibito di manifestare con gesti o parole. I reciproci slanci d'amore passarono obbligatoriamente per la fisicità del cane e i suoi primitivi istinti. Nella mia mitologia familiare, sono diventata io stessa quel canetto inglese che quando mia madre si ammalò non aveva più un posto per vivere. Nel sottobosco dell'anima, dove non si distinguono le erbe amare dal tarassaco, l'erba gatta dalla bardana, eterno si consuma il lutto per il mio cagnolino abbandonato. Nel contempo si rinfocola il cordoglio per la bambina che fui, quella morta da piccola, schiacciata da responsabilità che le sue spallucce, per quanto robuste, non potevano sopportare.

6

L'inizio di tutta la faccenda fu banale e pertanto spaventoso, nel casalingo dipanarsi degli accidenti. Una donna ultrasettantacinquenne, fragile e menomata per quanto affascinante, reduce da una vacanza a casa di sua figlia Fran la bella, scende dal treno con i piedi gonfi. Porta sandali rossi intrecciati tacco otto. Sul marciapiede ove con Leporì attendo, fra oleandri impolverati e una triste fontanella a secco, l'arrivo del convoglio, barcolla un vecchio pensionato di Civita Castellana, patria dei sanitari in ceramica, soprattutto dei bidet. Barba lunga, colletto della camicia consunto, braghe mence sulle ginocchia. Conciona attraverso un laringofono. Il canetto, attratto dalla novità, rotea il capino per sentire meglio il gracidio metallico che esce da un cerotto piazzato sulla gola dell'uomo. Tento di allontanarmene, ma il cane si pianta a pochi passi da quella cornacchia che, per darsi un tono, aveva cominciato a predicare. Mi ammonisce sul vizio del fumo che nuoce pericolosamente alla salute, come ben sanno i lettori dei pacchetti di sigarette. Seguito a spippacciare senza degnarlo di uno sguardo. L'unica parola intelligibile, indirizzatami fra lo sfrigolio di guaiti elettrici, è: cancro alla laringe.

Quando mia madre apparve, la prima cosa che guardai furono le fette. Era già tutto deciso: la malattia e l'inevitabile finale. Come nelle storie d'amore, dove non si sa mai quando è cominciata, ma si sa benissimo come finirà. Mentre mi sedeva accanto in auto, nella penombra sotto il cruscotto i piedoni si pavoneggiavano: due clandestini a bordo di un'utilitaria. Guidavo alla bersagliera, un po' a strapponi, imboccavo le curve larghe, sbandavo, perché la Morte di mia madre era appena arrivata e dovevo scarrozzarla. Mi invadeva un'angoscia incontenibile, che mal si conciliava con la dolcezza del panorama e le fronde dei tigli accese di giallo oro nella carezza obliqua del sole, con la voce di mia madre che blaterava con il tono consueto, interrompendosi a tratti per rivolgersi al cane. Lui non poteva rispondere, ma capiva tutto. Raffaella dichiarò che aveva apprezzato un'insalata di songino e fagioli tipica di Trieste. In tale affermazione era implicito che dovevo scapicollarmi a cercare il songino, il quale, supponevo, sarebbe stato introvabile in tutto il Centro Italia. Non l'ascoltavo, piuttosto riflettevo su come avrei comunicato da quell'attimo in poi con la sua Morte. Un post-it lasciato quasi per caso su un comò, brevi messaggi concisi, nessuna figura retorica, nemmeno un po' di quel latinorum che tanto amo. Nel dialogo che stavo per inaugurare con la Morte volevo delle regole definite. Pretendevo onestà e chiarezza. Avrei chiesto che mi permettesse di condividere il basto che aveva affibbiato a mia madre: lei da sola, con un unico polmone, non poteva farcela. Saremmo state almeno in due. E poi c'era il cane. «Il cane si annoia». Leporì poteva essere validamente impegnato per atti di disturbo e sabotaggio, ché la Morte non bada ai cani.

73

Alla Morte, se i cani vivono o muoiono, non interessa un fico secco, lei pretende altre carogne. Per contrastarla non avevo altre armi se non l'ingenua fede nei miracoli. Io nella guarigione ho creduto fino all'ultimo. Mia madre mai.

Per tutto il tempo che dura la Costellazione, la mia Rappresentante, la bionda Altezza Mezza Bellezza, giace prostrata sul pavimento, visibilmente lurido, sospirando debolmente come ogni creatura dopo i primi dieci minuti in una sauna a ottanta gradi. Un maschio bianchiccio dal piede caprino e sulla cui casacca blu spicca una generosa raspatura di forfora chiede il permesso di andarsi a spazzolare. Il campo elettromagnetico viene infranto, si levano in piedi anche gli altri, perturbati e assetati. Urge una pausa. Ognuno si dedica ai cavoli suoi. Il suino Wok ne approfitta per trarre le cartine di mais dalla tasca del pantalone e va a fumare sul pianerottolo. Le femmine in fila davanti alla porta del gabinetto ricominciano a blaterare di sciroccate genealogie. Occhi sbarrati, drizzo le orecchie come un fennec. Una casalinga mesciata con i fuseaux neri intorcinati dentro agli stivali, versione Athos, Porthos, Aramis e Milady, confida che solerte vergherà una lettera per liquidare i debiti transgenerazionali della corte di Francia, lato Plantageneti. Un'altra postulante in attesa di evacuare afferma con veemenza che la nonna Pina ha diseredato suo padre a favore degli altri figli, e quindi di sentirsi lei stessa danneggiata. Secondo Hellinger, in questi casi è salutare scrivere una lettera al defunto che ha perpetrato l'ingiustizia: solo così la defraudata nipote può liberarsi del fardello transgenerazionale. Un simile teratoma familiare l'ha obbligata, a sua insaputa – è tutta una questione d'inconscio –, ad assumersi le conseguenze dei rovesci di fortuna dei parenti e a lavorare pesantemente per sostentarsi. L'argomento mi calamita nella sua sfera magnetica. Anche mia nonna Pietrosanti aveva fatto una porcheria simile. L'epistola indirizzata al morto deve iniziare con la formula: «Io..., figlia di..., nipote di...», ma appena la sventurata principia a dettagliarne i termini, Renato Wok comincia a tormentarsi con palme sudaticce il ciondolo raffigurante Shakyamuni che ha acquistato in una convention di Amma a Gavirate. Richiama il gruppo. Straccamente ricomincia la pantomima. Chi ha rappresentato mio padre è ormai fuori dal cerchio: vorrei tanto rimetterlo dentro con le altre anime pie, ma gli ordini di Wok sono incontrovertibili. La signora Sciarpa Arcobaleno, mia madre, si pavoneggia al centro dell'atavico crogiuolo.

Durante il soggiorno in Alta Italia, nella città di mare ove gli Svevo e i Joyce si erano frequentati all'ora del tè, mia madre – costretta da mia sorella – si era sottoposta a un intervento dermatologico: una cosetta ambulatoriale. Quella che all'inizio era stata una macchiolina cheratinosa spalmata su un braccio con l'andar del tempo si era trasformata in un orripilante hamburger putrescente. Andava dunque estirpata. Al posto del bubbone era fiorita una medicazione, una candida garza bianca. Arrivate a casa, preoccupata dai suoi piedoni, al fine di effettuare una visita le proposi la pedicure a domicilio. Preparai gli strumenti, consistenti in una sola lima di carta. Mia madre sedeva su una sdraio telata a righe fuori dall'uscio e beveva champagne. Inginocchiata ai suoi piedi fingevo di limarle le unghie. Se mi ci provavo, lanciava un grido stizzito. «Il cane si annoia». «Ricordati che sei una bambina tedesca». In quel momento coincisero le due frasi chiave delle nostre vite di madre e figlia.

Il cane, attratto dalla ferita fresca, tentava di salirle in grembo. I cani adorano il tanfo di sangue rappreso, li guida il fetore inconfondibile del plasma divorato dai batteri, l'odore penetrante simile a quello dei resti del pesce nella spazzatura durante la canicola estiva: proteine di origine animale in via di corruzione. Leporì doveva periziare la ghiottoneria che si celava sotto la garza. Maldestro e inquietante, sollecitava l'ostensione. Mia madre scoprì il braccio bonaria. Esibì una ripugnante abrasione, grande quanto un cedro, spennellata di tintura di iodio. Il cane fece per avventarsi sulla tartare, ma gli sferrai ratta un calcio nel sedere. Ringhiò, mostrando i denti. Rabberciai furiosamente la medicazione, riposizionandola sul braccio. Sforzo inutile. Presagivo che, quando fossero stati soli nell'intimità della camera da letto, il cane a colpi di naso avrebbe sollevato la benda per leccare la ferita, e ne avrebbe fatto scempio. Non potevo evitarlo; relegata in cucina, avrei subìto quelle sconce pratiche da cavernicoli: l'istinto antropofago del cane, la folle superiorità di mia madre rispetto a quelli che bollava come ottusi luoghi comuni. Perché il suo cane non avrebbe dovuto annusarle il braccio? Che male c'era? Nella saliva del cane alligna un potente battericida naturale, così sosteneva. Per lei, lasciare che Leporì leccasse la sua ferita era un semplice atto d'amore e devozione. Fui tacciata di cattivi pensieri.

Due giorni dopo l'inane pedicure, mia madre dichiarò una strana febbre. Non prendeva mai medicine, ma quel pomeriggio si era somministrata una supposta di paracetamolo pediatrico. Gatta ci covava. Montai di guardia nel salottino. Stavo rimirando appassionatamente una tavola di Beltrame sulla guerra di Libia tratta da una «Domenica del Corriere» del 1912, quando udii un tonfo. Si era levata dal letto, sorta di covaccione pestilenziale analogo a un sepolcro, ove giaceva insidiata dal cane. Voleva andare in bagno. La medicazione era stata strappata via, il guanciale era imbevuto di sangue e siero. Lei aveva imboccato la porta e senza un fiato era rovinata sul pavimento di finto cotto toscano; sulle prime mi sembrò morta stecchita.

La vedo immobile sotto il termosifone, riversa sul fianco destro. La mia attenzione si concentra sui refoli di polvere che si annidano tra gli elementi del calorifero. Provo a trascinare la morta, prendendola per le spalle. La camicia da notte si arrotola sui fianchi, scoprendo i radi peli del pube. È troppo pesante, non ce la faccio. Provo a prenderla per le caviglie. Nemmeno così riesco a smuoverla. Rimane distesa su un fianco, le gambe a compasso, gli occhi chiusi. Non posso astenermi dall'osservarla in silenzio, atteggiando le labbra a culo di gallina. La scruto interrogandomi su un metodo per rialzarla. Non è concepibile che mia madre giaccia sul pavimento come un grosso manichino seminudo. Così vicina al calorifero. Si deve ricomporre e assumere una postura dignitosa. Lepe annusa fra le gambe, scodinzola, gli assesto un calcio. Guardo il volto di mia madre confidando che almeno lei possa darmi un consiglio, che mi aiuti. Di fronte ai soliti vezzosi fermaglietti di strass che infestano ciocche di capelli arruffati e spioventi sulle sue gote, provo un tale belluino risentimento che sono tentata di lasciarla a terra. Sono terrorizzata; un giorno farò anch'io quella fine. Perché ha perso la medicazione? Forse la febbre è l'effetto di una galoppante setticemia? Lo ignoro. Il cane, abbaiando, mi incita a prendere una decisione. Da una distanza di sicurezza guata incuriosito la morta, lieto ed eccitato inspira boccate di carne fresca. Temo che durante le mie goffe manovre di soccorso ne approfitti per rosicarle l'alluce. Con la forza della disperazione, la trascino per terra, strattonandola fino a issarla sul trono in ceramica del cesso. La mia mamma è diventata una pupazza imbottita di segatura, con stupide mollette alla Shirley Temple, intrigate nei capelli aridi. Intronizzata sulla tazza, non respira più. Il suo bellissimo volto sembra cagliata di vaccina virante al bigio, le labbra s'attestano sul tortora divisa da suora di Nevers. Con frenesia scimmiesca digito i numeri del centodiciotto, comunico l'emergenza con voce da attrice di bassa lega in un poliziesco germanico. Il cane è spaventato: quatto quatto mi tallona. Con mossa fulminea lo rinchiudo nel salottino fra i libri. Non si dà per vinto, raspa con furore alla porta. Abbaia. Lo ignoro. Lento pede torno nel bagno padronale. Non so cosa fare. Mia madre è morta. Però, a pensarci bene, vomiterei, ma non posso farmi trovare dai soccorritori mentre vomito. Il viso di mia madre adesso è grigio mica. La guardo da una certa distanza, poi anche da vicino. Non respira. L'istinto mi suggerisce di prenderla a schiaffi. Durante la ridicola operazione le labbra esangui si contraggono in un ghigno. Tento di spalancarle le fauci: le mandibole cigolano, opponendo una fiera resistenza. La sua testa, ormai inerme, sbatte più volte contro la parete di piastrelle verdoline. Il cane, esiliato nel salottino, ulula. Lei è già lontana, volata in un altrove a cui, per il momento, non ho accesso. Al grido di: «Ma', non morire!» le pratico una rianimazione inventaticcia. Dopo un eone, il richiamo la raggiunge. Mi ha udita. Emette un gemito impercettibile, degno di un moscerino. Brava la mamma che ascolta la sua bambina terrorizzata. Le insufflo aria nella bocca, scuotendola per le spalle, ma lei non si risveglia. Allora è proprio morta. Mi lascio scivolare ai piedi del wc gelido, per finire con la guancia sul portascopino, una brocca di fine porcellana Ginori un tempo deputata alle abluzioni mattutine degli avi marchesi. Non posso esimermi dal rilevare che è incrostata di calcare sui bordi. Mia madre ha i globi oculari arrovesciati, si vede solo il bianco: sembrano due uova in camicia senza il tuorlo. Lepe abbaia in Do maggiore. La sirena trafigge il perfido silenzio della plaga umbra come un demente squillo di trombetta di carnevale. Mi metto sull'attenti. Pancia in dentro, petto in fuori. Sono pronta a pronunciare il primo, autentico « Signorsì » della mia vita. Sulla porta del bagno tosto si palesano due sagome con giubboni a strisce fluorescenti. Voci maschili si confondono all'abbaiare stizzito del cane, il soggiorno è pervaso dallo stridore viscido delle ruotine della barella. Due sconosciuti si accaniscono sul corpo di Raffaella. Mentre la scarrozzano lungo il salotto, lei, prima di andarsene, tenta di artigliarmi la mano in una specie di ultimo saluto: questo mi conferma che è viva. Mi sottraggo abilmente, mi faccio scudo con un comò, svicolo verso la cucina. Il tragitto della barella verso l'uscita sembra infinito. Il triste carriaggio si arena sul bordo del tappeto, trattengo il respiro, mi rincantuccio dietro la bergère del cane. Con un'inattesa derapata mia madre imbocca la porta di ingresso. Lepe ulula come un licaone. Finalmente escono tutti. Sulle scale esterne i militi si affannano a traslare la barella, biascicando sommessi improperi in vernacolo orvietano. Guardo mia madre per l'ultima volta, entrambe sappiamo che non varcherà mai più la soglia di casa camminando sulle sue gambe. Mi si spezza il cuore, ma fingo di non percepirlo. Come da regolamento, sull'ambulanza non mi fanno salire; la scorterò a bordo della Micra. Lepe resta imprigionato nel salottino, ove farà scempio della prima edizione Medusa di *Per chi suona la campana.* « E dunque non chiedere mai per chi suona la campana: essa suona per te ».

Nell'alone al neon del locale pronto soccorso la morente è cinerea, i capelli schiacciati sulle tempie come omelette di patate bruciata, nonostante la mascherina dell'ossigeno le stampi due solchi profondi ai lati della bocca. Sono le quindici e ventisei del 5 settembre. All'interno dell'ospedale mi è montato il panico, sudo freddo, la testa mi rimbomba occupata da una legione di mosche trombettiste jazz. Nel fissare inebetita un'immagine plastificata del beato Pelliccia da Sugano ho intuito che i sintomi erano quelli di una polmonite: la malattia mortale che, interpretando una strisciata di guano di piccione sul verone della camera nuziale, mio padre ha preconizzato per lei. La più temibile delle malattie respiratorie per una donna che da oltre cinquant'anni vive con un solo polmone, sopravvissuto alla tbc che ha annientato l'altro. Ho avuto la certezza che la degente sarebbe spirata nei locali del pronto soccorso. In virtù della selvaggia galoppata verso il trapasso, soffocata dallo *Streptococcus pneumoniae,* mia madre non avrebbe subìto la promiscuità del ricovero ospedaliero. Le sarebbero stati risparmiati l'estenuante ricerca delle vene per le flebo, l'intossicazione dei farmaci somministrati in ossequio alle proterve case farmaceutiche, il rigoroso protocollo degli esami invasivi, l'ignominia della padella e del catetere nei genitali, l'obbligo delle mutande giorno e notte. Così la mia pena per una condanna a morte che davo per certa si è dissolta. Nel breve volgere di una mezz'ora mi sono ringalluzzita. Il dramma si sarebbe consumato in una manciata di ore: la paziente, coibentata nel suo torpore preagonico, era al sicuro, lontana dal molesto cicaleccio dell'astanteria che quel pomeriggio settembrino brulicava di personale medico, paramedico e di pellegrini sconvolti. Un pullman di devoti flagellanti di Sant'Agata, diretti al santuario di Varallo, all'altezza del casello di Orvieto ha tamponato un'autocisterna di olio di palma. Gli atterriti viaggiatori sono perlopiù contusi, ricoverati solo per accertamenti. Fidavo che già in prima serata mia madre mi avrebbe abbandonata, traslocando per l'eternità nella neogotica cappella di famiglia.

Quando due infermieri si chinano all'unisono su di lei, d'istinto mi ritraggo verso una sgangherata vetrinetta di medicinali, dove la sua morte balugina fra ampolle, vaschette metalliche e cateteri. Non ho cuore di guardare cosa accada nei pressi della barella ove lei giace; di sfuggita intravedo un infermiere di taglia media armeggiare al capezzale: farfuglia qualcosa, mentre il collega si allontana di corsa sugli zoccoletti bianchi traforati. Che sia spirata? Sprofondo in un vortice di terrore, una spirale in cui ho la fugace visione di me quale cesso umano conclamato: mia madre è morta e io non l'ho neppure salutata. Per la vergogna abbasso pudicamente le palpebre, ed è con gli occhi chiusi che odo la sua ben nota voce risentita tuonare:

«Che ci faccio qui?». Priva di mascherina, ad onta del plebeo contesto, mi sorride con espressione trionfale.

Gli infermieri accorrono starnazzando:

«Presto, gli occhialini!» e rattamente infilzano due budellini trasparenti, detti appunto in gergo paramedico occhialini, nelle aristocratiche narici.

Liberatasi dalla maschera, lei sorride beata, e basta quel sorriso a cancellare per sempre l'immagine dell'inerme fagotto umano, la camicia da notte arrotolata sui fianchi, quattro cernecchi spiaccicati sulla fronte da cui pendono le sempiterne mollette di strass, esangue e asfissiata sulla tazza del gabinetto padronale.

Dichiara di sentirsi meglio; vorrebbe un Aperol. Non ci pensa proprio a tirare le cuoia come una qualunque mortale, non è tipo da lasciarsi intimidire dall'anossia, è nata dea del Walhalla, mia madre. Anche se mai potrà aspirare alla guarigione, in forza del solitario polmone invaso di batteri, e tutto quello che la circonda è caduco, finché potrà resistere ogni cosa sarà suo possesso e amicizia. Non abbandonerà i suoi libri, aggrappata fino allo stremo alla gigantesca vela bianca delle *Elegie duinesi*. Combatte, Raffaella, mia madre. Non vuol morire come una qualsiasi vedova pensionata dalla vita scandita dal calendario di Frate Indovino sul muro della cucina, pertanto se ne andrà solo quando l'Angelo delle *Elegie* verrà a prenderla. La sua vita terrena è stato un percorso poetico; un'appassionata lettrice di Rilke sa che l'Angelo vive in iperspazi comunque connessi alle nostre esistenze: il messaggio è lontano, ma non per questo meno bruciante. Guadagnare un supplemento di vita significa raggiungere un ascolto più intimo, indispensabile per far tremolare in profondità ogni sua corda. Ha sempre saputo che vita e morte sono una cosa sola, ammettere l'una senza l'altra è una limitazione che esclude l'Infinito. Distesa sulla lettiga con i ridicoli tubicini che le fuoriescono dal naso, sente quanto la sua morte, rimandata a data da destinarsi, sia sempre stata il lato oscuro della sua vita, e mai come in questo momento sa quanto la vera essenza della vita si distenda languida fra i due regni apparentemente in conflitto. Mai come in questo pronto soccorso orvietano ha avuto contezza che non esistono un aldiquà e un aldilà, ma semplicemente la grande Unità ove dimorano gli angeli. E capisce perché è stata chiamata a mostrarmi quanto la nostra esistenza sia connessa ai due regni, e si nutra eternamente di entrambi. Supina sulla barella, mentre l'infermiere di taglia media la rimprovera dandole del voi per essersi sbarazzata della maschera dell'ossigeno, sicuramente pensa alle *Quartine vallesane* di Rilke. Il poeta le scrisse in francese poco prima di morire, e in esse sembravano sciogliersi i viluppi sentimentali di un'esistenza mai appagata dal mondo temporale e pertanto grandiosa. Emergevano semplici paesaggi quasi nuovi, intensità di natura spirituale, inedite costellazioni d'affetti, intime capacità di comprendere e trasformare le apparenze. Raffaella si immerge dolcemente in uno scenario ove la coesistenza fra Bello e Tremendo sembra infine destinata a generare uno stato di estasi. A quel punto estremo la dimostrazione della nostra vita sospesa sull'abisso diventa percepibile anche da una comunità d'amici, contado, famiglia, cani tedeschi di taglia piccola e grande, la vicina di casa Marsilia, infermieri ignoranti, polinfartuati, curiosi, figlia una e figlia due: chiunque entri per difetto nel suo raggio d'influenza affettivo riconoscerebbe nell'invisibile un superiore grado della Realtà.

Soffre, mia madre, di una severa insufficienza respiratoria. L'ossigeno gratuitamente disponibile nell'atmosfera non le basta mai, e quel poco che elemosina non è sufficiente a tenerla in vita. Nel segreto delle cavità bronchiali e degli alveoli, viscide triremi cariche di catarro si affrontano in battaglie navali fino a soffocarla. La provvidenziale tosse le è inibita. Le schiatte di batteri acquartierate nel polmone la divorano, approntando confortevoli salottini ove trascorrono liete serate radunate in gruppi bisettimanali dell'anonima alcolisti Aperol-dipendenti. Talora, dentro i teneri anfratti scempiati dal rosichio, fra appiccicose secrezioni umorali, nel calduccio di mucose infiammate, si officiano matrimoni, si celebrano nascite, si festeggiano battesimi. Il solingo muscolo cardiaco è obbligato da subito a vicariare il polmone assediato, con innegabili effetti collaterali quali il ristagno di liquidi corporei negli arti inferiori del corpo. La danza macabra dei cristalli di acido urico ci introduce nel regno dell'idropisia. Al posto di piedi ben modellati da statua neoclassica, mia madre si ritroverà due turgide, oscene ciriole dalla sottile crosta lucida. La pelle è un velo ragnateloso. Con quei piedacci non può restare all'ospedale di Orvieto, dove mio padre fu lasciato morire perché aveva settantaquattro anni ed era domenica sera. Così, dopo cinque giorni di degenza, la Pupa, allacciata in permanenza all'ossigeno, viene spedita in Alta Italia, ai confini dell'ex Impero asburgico. Mia sorella Fran la bella vive a Trieste, dove vanta una rispettabile posizione sociale, che include una governante fissa, un posto auto coperto e un giardino con fontanella stile liberty. Raffaella sarà accolta in un moderno grattacielo di vetrocemento, ove bora e borino sibilano negli ingressi, percuotendo le uscite di sicurezza, e strappano i capelli neonati anche dal cranio più nobile. Le infermiere professionali l'apostrofano da subito «Coccola». Ne sarò gelosa.

Il trasferimento a Trieste mi apparve come una liberazione: non sarei stata più obbligata ad accamparmi nel reparto di medicina generale dell'ospedale di Orvieto, inalando un misto di disinfettanti e sentore di capelli vecchi, entrambi marinati nel piscio stantio e nella minestra con le stelline. In quei primi giorni di ricovero orvietano, mi ero addannata nell'ipotesi che mia madre fosse curata in casa. Affinché fosse possibile era vitale reperire ossigeno liquido. L'Asl conferiva le bombole in comodato d'uso, previa presentazione di una speciale ricetta medica, legata a dementi lungaggini burocratiche, tali da esasperare un monaco zen. Le consegnava a domicilio un trucido, rosso di pelo, con le chiappe fuori dai pantaloni eternamente calati sotto i lombi flaccidi e un occhio mezzo offeso. Lo conoscevo di vista perché vagava nelle campagne a bordo di uno spetazzante Iveco bianco come collettore di urina di anziana: il prezioso liquido veniva impiegato, a detta delle donatrici, nella produzione di non precisabili farmaci salvavita. In cambio della pipì le anziane ricevevano dei doni: un servizio da caffè da sei senza piattini, un fustino di detersivo in polvere, un sottopentola di sughero.

Poiché mia madre viaggiava al ritmo di sette litri d'ossigeno al minuto, ventiquattr'ore al giorno, sette giorni su sette, ci sarebbero volute almeno tre bombole. Ma la legge prescrive che non è consentito averne più di una, perché ai congiunti del malato potrebbe venire l'uzzolo di impiegare l'ossigeno liquido, altamente infiammabile, per compiere attentati dinamitardi nelle frazioni e nei comuni limitrofi. Dopo aver sfanculato tutti gli impiegati della Asl e averli minacciati di convocare il Gabibbo e la relativa troupe televisiva, ottenni due bombole da trentamila litri cadauna, recapitate dal trucido trafficante di piscio. Bestemmiando le abbandonò adagiate su un fianco fuori dal garage, quindi, dopo che lo ebbi minacciato di morte, le trascinò su per le scale, mollandole nel soggiorno. Anche da erette sembravano il maiale della X Mas cavalcato da Durand de la Penne nel porto di Alessandria d'Egitto. Per constatarne il buon funzionamento ne provai una; attraverso gli occhialini inspirai il prezioso gas provando una meravigliosa euforia, finché non mi avvidi che Lepe aveva cominciato a rosicare il tubicino.

Partita mia madre, rimasi sola con Leporì e le orride bombole nel villino di campagna. I primi giorni andarono bene. L'assenza della Pupa risultò salutare, ma non ci volle molto perché cominciasse a montare l'angoscia. Mi scervellavo per sistemare il cane in vista delle future spedizioni all'ospedale di Cattinara. Impensabile che lo trascinassi con me, non aveva senso lasciarlo prigioniero in una stanza d'albergo. In quei giorni di desolazione mi si presentavano due sole opportunità grevi di arcani pericoli. La prima consisteva nell'alloggiare il cane presso una struttura adeguata, un canile di lusso per il quale ero pronta a sborsare fior di quattrini. Tuttavia ben sapevo che negli ostelli per animali gli ospiti sono reclusi nei recintini, dietro reticolati ove abbaiano fino a sgolarsi. I cani abbandonati si stressano, gli viene il perdipelo e il maldipancia. Si avviliscono, si ammalano e muoiono. Nel corso di un triste pellegrinaggio visitai tre strutture ubicate fra Tuscania e Sarteano; ogni volta ne sortii piangendo lacrime amare come castagne porcine. Avrei voluto rintanarmi in una fumeria d'oppio con Bob De Niro giovane, invece mi toccava intrattenermi con le titolari. Le malnate erano donne di mezza età che dovevano aver conosciuto tempi migliori. Le accomunava un'aria equivoca da ex femministe imbizzarrite sulla via del climaterio. Dai loro indumenti promanava un puzzino standard. Non era tanto l'odore di pelo di cane umidiccio, che avrebbe avuto una sua ragione etica, quanto un richiamo olfattivo agli scarti di origine animale, tipo le innominate frattaglie del cibo in scatola di modesta qualità. Le albergatrici di cani erano delle esaltate con le unghie sporche, la ricrescita bianca dei capelli, maglionacci con i buchi sui gomiti e bragoni orientaleggianti infilati in stivali di gomma. A parole si dichiaravano innamorate pazze dei quattrozampe piuttosto che delle persone umane, inclinazione stramba e pericolosa; poi vai a sapere nel segreto dei canili, cucce singole con tettoia in plexiglas antiriflesso, cosa tramassero. La sciatteria mi insospettì. Non mi fidavo. Non mi sarei mai fidata. Paventavo che Leporì, bruscamente allontanato dal villino, messo in gabbia, in comunella con altri canettacci, morisse di dolore.

La seconda opzione era assoldare una badante canina. Quando le accennai a questa eventualità, prima ancora che partisse per Trieste, mia madre si dichiarò entusiasta, mentre con le mollette di strass sulla frangetta biascicava la parmigiana di melanzane in corsia. Era l'unica soluzione degna del nostro rango. Avrei lasciato alla badante la disponibilità della casa, dotata di tutti i confort più moderni e le avrei elargito un sostanzioso compenso.

Ma le moldave mi sghignazzavano in faccia quando alla fine del colloquio, previo appuntamento ai tavolini del bar del dopolavoro ferroviario, confessavo che cercavo una badante per un cane. Alla fine, mentendo sulla natura del soggetto per cui ricercavo una collaboratrice di altissimo livello, bofonchiando anzi di essere alla ricerca di una persona destinata a occuparsi di una contessa allettata, identificai il soggetto adeguato a un tale incarico di fiducia in una suora camerunense francofona, infermiera professionale, patentata, illibata, astemia e ridanciana. Dovevo presentare la monaca a Leporì. Le chiesi un indumento sporco, da mettere nella cuccia per abituarlo al suo afrore umano. Per sette giorni tenni una maglia della salute color carne sulla poltrona dove il cane schiacciava il pisolino pomeridiano. Quello, indispettito dall'ignota lingerie, la inzeppò ben bene con il naso in un angolo della seduta ove scomparve inghiottita dalle molle.

Il primo incontro con la religiosa avvenne in mezzo alla strada; nel giardino di casa, Lepe l'avrebbe sicuramente scambiata per una testimone di Geova e aggredita senza pietà. Ci trovammo quindi sulla piazzola ingombra di rifiuti, vicino al bosco della Bérenge, dove parcheggiavo l'utilitaria per tema di imbattermi nella pantera di Narni. Il cane nemmeno la guardava, si faceva i fatti suoi. Cercavo di interessarlo presentando la futura cinegeta con fervide espressioni di stupefazione: «Ma chi c'è?». Il cane, gabbato dal tono entusiasta, scodinzolava al mio indirizzo mentre io ripetevo come un pappagallo: «Lepe, ma chi c'è?», indicando la suora che timida sorrideva e sottovoce ripeteva il nome Leporì per imprimerselo bene in testa. Il cane ovviamente non poteva riconoscerla perché non l'aveva mai vista prima, come me del resto. Ripetei instancabilmente la litania: «Lepe, ma chi c'è?» per almeno trentatré volte. Lui si rimetteva naso a terra ad annusare, e la disdegnava, non senza lanciarle sguardi di latente disprezzo. Unico tributo che le manifestò fu orinarle sul bordo della tonaca nera. Incoraggiai la monaca affinché lei medesima conducesse Leporì al guinzaglio; e glielo affidai sorridendo. Che si impratichisse. Si incamminarono. Dopo pochi passi, il cane con uno strattone secco fece dietrofront e tornò di corsa verso di me. La religiosa, lieta, si lasciò trascinare incespicando nella sottana. Barcollava. Il velo scompigliato dall'incongrua ginnastica le si era afflosciato su un occhio. Gli impeti canini non le consentirono di aggiustarlo, così vagò mezzo cecata a traino del cagnolino, che aveva imboccato la via del boschetto. Era brava e volenterosa, la monachella. In chiusura del primo sterile approccio, la tirocinante, stanca ma appagata, tentò di accarezzarlo sul capino; il cane le si rivoltò contro come un colubro a cui avessero calpestato la coda, digrignando i denti, pronto ad avventarsi.

Mi sentii avvilita: il canettaccio era ingovernabile. Seguirono tre giorni di sterile acclimatamento monacale nei pressi della magione, scanditi dall'incubo del tracollo della malata. Quando da Trieste giunse il più ferale bollettino di guerra, che diagnosticava l'embolia polmonare, fu chiaro che non potevo cincischiare oltre. Mia madre era stata imprigionata nella macchina della respirazione forzosa, tumulata dentro uno scafandro di fabbricazione tedesca; in esso persino un uomo di sana e robusta costituzione rischia di soffocare dopo venti minuti, mentre un braccio meccanico simile a una pala da fornaio preme ritmicamente sul petto del malcapitato ospite. E se le costole scricchiolano non importa, che si incrinino pure, lo strumento imperterrito ci dà dentro al ritmo di un sordo ronzio medicale. Minuto dopo minuto, ora dopo ora. Notte e giorno.

Così, sia pure controvoglia, infersi una violenta sterzata ai riti di iniziazione al badantato canino. Dalla strada, senza troppi salamelecchi, la suorina ebbe accesso in giardino vicino al melograno dai bei vermigli fior, senza che Leporì le si avventasse sul seno. In compenso, tentò di scipparle il velo. Lei lo fissava incredula con miti occhi bovini. Lentamente, sempre accompagnati dalla ipocrita litania: «Lepe, ma chi c'è?», riuscimmo a salire i gradini esterni. La monaca fece il suo ingresso nella magione. Leporì tollerò che la religiosa stesse in soggiorno, ma non si doveva muovere, la consegnò sull'attenti davanti all'applique Venini. Se azzardava un passetto, la piccola belva le si avventava contro sbraitando. Eravamo a buon punto; per completare il tirocinio restava solo da erudirla sulla composizione della pappa.

Nel giro di un pomeriggio si bruciarono le tappe. Non ebbi più alcuna remora morale. Gli eventi precipitavano, mia sorella mi aveva annunciato che nostra madre era prossima al trapasso, dovevo raggiungerla prima che esalasse l'ultimo respiro. Il cane, dopo aver spazzolato ben bene il riso bollito con il macinato, su cui avevo fatto sputare la monaca affinché lui la riconoscesse come capobranco e nutrice, con un guizzo fulmineo la morse prima su un polpaccio e poi sulla mano. La tapina si barricò nel bagno piccolo riservato agli ospiti. Non voleva più uscire; per liberarla fui costretta a chiudere Lepe nella Micra, dove attaccò ad abbaiare come se fosse scoppiato un incendio. Vinta dallo scoramento, rinunciai definitivamente all'educazione della suora. Il cane era indomabile.

Nel bonificare le aiuole dalla gramigna, versai tante di quelle lacrime da riempirci la concolina azzurra in cui marinavo le mutande con la candeggina gentile ai tempi del ciclo. Se solo avessi avuto il dono dell'ubiquità come sant'Antonio di Padova, l'avrei sfangata senza mendicare l'altrui soccorso. Lo stesso pomeriggio decisi che in mia assenza il cane sarebbe stato accudito da una rustega residente a pochi metri da noi e andai difilato a comunicarglielo. La Quintilia, che trovai con un fazzolettone calato fin sulle palpebre e un secchio di pastone destinato a nutrire i polli, dapprima si rifiutò di accettare un simile incarico: paventava che Lepe le mordesse le chiappe o in alternativa le sise. Temetti che non ci fosse verso di smuoverla dai suoi ignobili preconcetti. Fui costretta a estenuanti trattative infarcite di blandizie. Dopo lunghe insistenze, aspre concioni sulle previsioni meteo, esiziali alla vita di campagna, vani pettegolezzi sulla cognata linguacciuta preda del grattaevinci, mistiche perorazioni sui fioretti da compiersi e una lauta ricompensa culminata con un rosario di plastica gialla e nera della Madonna di Guadalupe, la contadina ancora si negava. Capitolò quando la minacciai di farle una fattura secondo l'antica formula delle sciamane ciociare. Siccome il cane era abituato a fare dentro e fuori da casa a suo capriccio, ragion per cui vivevamo con la porta d'ingresso spalancata in ogni stagione, stabilii che di giorno questa fosse lasciata accostata, mentre i cancelli del giardino dovevano essere rigorosamente chiusi. Affinché l'ukase fosse ben chiaro ricattai la Quintilia, giurando sulla testa di Lepe che avrei strangolato tutte le sue galline, ovaiole e da carne senza distinzione, se non avesse vigilato sulle serrature. La porta, invece, la si doveva sprangare solo per la notte. Rintronata dalle istruzioni, prima che me ne andassi la donna mi fece dono di quattro uova fresche.

7

Trentasei ore dopo la firma degli accordi verbali intercorsi fra me e la Quintilia mi ritrovai in piazzale Marinai d'Italia. Ero maleolente di treno, i capelli devitalizzati dalla mancanza di adeguata ossigenazione, gli occhi ridotti a due feritoie rossastre, in bocca un misto di tic tac e surrogato di caffè delle Ferrovie dello Stato.

Il primo pensiero fu il canetto abbandonato in villa. Chiamai la villica con il cuore in gola. Il telefono squillava a vuoto, pensai che forse era intenta a spennare una morta gallina nel gabbiotto di servizio ubicato in mezzo al campo, ovvero, se occupata a sfaccendare in casa, teneva il volume del televisore altissimo. Lambito un livello di cristiana sopportazione di novantacinque punti su una scala di cento, accadde il miracolo: la rustega sollevò il ricevitore. Sulle prime stentò a capire chi fossi. Poi ci tenne a rassicurarmi su tutta la linea: il cane aveva mangiato, non l'aveva aggredita, non aveva ululato. Però era successo un guaio. Quale fosse, la donna non aveva cuore di confessarmelo. L'agitata bifolca si scusava, contribuendo ad accrescere la mia irritazione fino al parossismo. Più la incalzavo, più la sciagurata farfugliava mozziconi di frasi inintelligibili, in cui ricorreva il fonema «ortoncino». Ma l'unica cosa importante era che il cane fosse vivo. Tutto il resto dell'universo mondo andasse pure in malora. Alla fine confessò. Seguendo le mie istruzioni, il portoncino era stato serrato, con rituale affine a quello che presiede, dai tempi dell'ultima crociata, la chiusura serale del Santo Sepolcro in Gerusalemme; ma Leporì, innervosito per l'inedita prigionia, aveva devastato l'impiallacciatura della porta nel corso della terribile nottata. La solinga belvetta aveva rosicato con metodo scientifico una spessa guarnizione di gomma e la cornice di legno massello, nonché scarnificato il pannello interno della porta blindata, che appariva ora quasi malamente scampato alla violenza degli artigli di un mammifero di grossa taglia. Sollevata dalla banale novella, tentai goffamente di tranquillizzare la povera Quintilia, sminuendo l'entità del danno, ma quella non si convinceva, seguitando a piagnucolare. Con decreto immediatamente esecutivo stabilii che la porta fosse lasciata aperta ventiquattr'ore al giorno, mentre i cancelli del giardino dovevano essere chiusi a doppia mandata. L'ipotesi che rimanessero aperti mi atterriva. Ero ossessionata da quello che avrebbe potuto minacciare il canetto. Un tristo emulo dei drughi di *Arancia meccanica* versione campagnola si poteva introdurre nella dimora e assassinarlo, per tacere del furore belluino della pantera di Narni.

Con il portoncino sempre aperto, profetizzò la governante, la casa si sarebbe raffreddata. Feci spallucce. Una volta in loco, avrei acceso caldaia e caminetto, il forno, i quattro fuochi del piano cottura, riempita la borsa dell'acqua calda. Mi sarei riscaldata con la fiamma della mia intelligenza. Lei pensasse per sé. Mi preoccupavo soltanto che Leporì vivesse in modo dignitoso e consono al suo rango. Il cane doveva sfangarla, sopravvivere all'agonia di mia madre. Quando verso le diciotto la tenebra, simile a mantello di velluto, calò sul golfo di Trieste, il pensiero di Lepe abbandonato nella lugubre campagna mi divenne intollerabile. Se avessi potuto sarei corsa da lui quella stessa notte. Che avrebbe fatto al buio e con la porta spalancata sull'infido contado il cagnolino? Mi concentrai affinché il mio pensiero, come un talismano dei nativi americani o un mantra buddhista, lo proteggesse.

Da allora, il cruccio di Lepe abbandonato nella casa vuota e buia mi ha perseguitato per almeno un lustro. Il senso di colpa è stato sempre vivido come quella prima volta, mentre a Trieste annottava. Ancora oggi sono visitata da incubi degni di un manuale di psicoanalisi per principianti: io e Leporì fuggiamo per cunicoli sotterranei braccati dall'oscurità.

In capo a una settimana mia madre riemerse dall'ordigno. Era sopravvissuta. I suoi capelli si erano trasformati in fibra di cocco ricoperta di guano, la pelle del petto scarnificato era tumefatta e infiammata. «Ricordati che sei una bambina tedesca». In preda a incontenibile risentimento ordinò che le fosse fatto uno sciampo, e l'infermiera di Muggia non se lo fece ripetere due volte. E che usasse anche il balsamo! Con l'asciugamano avvolto a turbante sulle chiome umide, sorseggiando un crodino sulla comoda, mia madre minacciò di denunciare il personale medico e paramedico. Infine dichiarò stizzita che voleva tornare a casa. Aveva voglia di leggere Willa Cather, pretese ipso facto frittura di calamari e prosecco.

Il pomeriggio di febbraio in cui, dopo aver affidato alle cure sororali la madre risanata, rimisi piede nel villino, in virtù dell'uscio perennemente spalancato sulle gelide plaghe, il termometro in casa registrava due gradi Celsius. Scesa la tenebra d'inchiostro, il cielo lontano era color ottone brunito. La tramontana fischiava gagliarda, le fronde dei pini marittimi stormivano come nel film *Il mistero delle cinque dita* con Peter Lorre. Ancora una volta la campagna e la vita che vi si può menare si confermavano deprecabili in ogni loro minimo dettaglio. Il cane mi festeggiava e arricciava i labbruzzi, mostrando i canini in un palese sorriso di benvenuto. Con mano tremolante accesi la caldaia, da sempre mia nemica – andava spesso in blocco senza ragione –, e ammucchiai la legna ai lati del camino. Potei in breve constatare *in corpore vili* che la temperatura del soggiorno saliva di un grado all'ora. Nelle altre stanze non osai investigare. Si bubbolava. Alle venti e dodici nel living c'erano sette gradi, sette come i peccati capitali, i giorni della settimana del calendario gregoriano e le Pleiadi.

Decisi che avrei largheggiato con i ciocchi nel focolare, ma il camino non ne voleva sapere di tirare, colpa della tramontana foriera di tempesta, che squassava i rami degli alberi. Il miserabile legname non stagionato, invece di ardere, sprigionava dense volute di fumo acre; le esalazioni tossiche erano talmente penetranti che ci avrei potuto affumicare con successo salmoni dell'Alaska e pesci spada. La malefica combustione pizzicava la gola. Precipitai allora in una sorta di estasi mistica versione country. Vidi scene delle vite dei primi martiri cristiani brillare incorrotte fra le lingue di fuoco e i fumi della legna umida. Fra le fiamme si stagliava nitida la sagoma di Savonarola. Col piffero che avrei aperto la porta, manco se avesse bussato santa Maria Goretti. L'aria era irrespirabile. Avvoltolati in un plaid leopardato, abbrutiti dalla cortina fumogena, e più in generale dallo stato di abbandono in cui versavamo, Lepe ed io giacemmo sul divano Ikea Ektorp a rimirare le lingue di fuoco dardeggianti su per la cappa dal precario tiraggio. Mia madre era lontana, triste e malata nella remota cella bianca del Cattinara. A quell'ora forse dormiva, i tubicini trasparenti infilati nelle narici, l'onta delle mutande a letto, i piedi gonfi e tumefatti. Ogni tanto schiantavo una pigna nel fuoco, che nell'incendiarsi ratta assumeva il sembiante di un sacerdote risorgimentale in via di beatificazione nell'atto di ammonirmi con l'indice alzato, infine si trasformava in un troll peloso da vetrina di tabaccheria. Leporì, come tutti i seguaci di Agni, adorava il fuoco e lieto abbaiava a ogni sfiammata. Tentava di ghermirne le scintille. Una notte d'estate lo avevo visto inghiottire una manciata di lucciole, che avevano illuminato il suo cavo orofaringeo con lo sfarzo di un piroscafo impavesato per una crociera inaugurale. Il canetto, in bilico su un fianco, si spidocchiava sul tappeto marocchino. Nel calorifero, sotto la finestra, ravvisai un maccherone al sugo incastrato fra gli elementi metallici: un segno della persistenza di mia madre. Fuori, nella precoce notte delle campagne, orme di cinghiale e di faina nelle forre, i rami dei pini scricchiolavano con sinistra regolarità da metronomo. Mi ricordai dell'unico racconto italiano di Poe, un gotico ambientato nei pressi della stazione di Orvieto.

Per vincere la desolazione della fiammeggiante serata decisi di farmi un cicchetto. In condizioni tanto avverse, solo un po' di alcol mi avrebbe rincuorata. Sono astemia, anche solo l'odore del vino mi nausea. Ma quella sera io e, in via del tutto eccezionale, il cane ci siamo fatti un chupito di centerbe dei frati camaldolensi, datato 1983, dono di un ausiliario del traffico a cui mia madre aveva tradotto dal tedesco una cartolina con veduta del duomo di Münster. Ci misi un bel po' prima di riuscire a togliere il tappo, ingrommato com'era di zuccheri, saldato da anni di abbandono al collo della bottiglia appiccicaticcia e impolverata. Il liquore, dolciastro e amarostico allo stesso tempo, bruciava in gola come acido muriatico.

All'aperitivo sarebbe seguita la degna cena. Non avevo nulla da mettere sotto i denti: per l'urgenza di arrivare il più presto possibile da Lepe, mi ero scapicollata a casa come una saetta. Mio padre aveva sempre affermato che quando non si ha nulla da cucinare vien bene la pasta in bianco con un filo d'olio. Indossato un maxi piumino nero con cappuccio bordato di pelo di sicura provenienza animale, buttai nell'acqua bollente una manciata di mezze penne. Dalla confezione aperta si era levato in volo uno sciame di farfalline, da me identificate come piccole fate domestiche. Un segno di buon auspicio. Una volta scodellata la pasta, anche l'osservatore meno attento avrebbe potuto discernere delicate larve color rosa antico, da me esiliate sui bordi del piatto. L'extravergine risultava congelato nella bottiglia d'ordinanza. Mi soccorse una generosa macinata di pepe nero di Cayenna. Il cane ebbe la sua razione senza pepe, perché a loro le spezie irritano il popò. Verso le ventuno e diciotto mi rifugiai nel salottino con il cane, la stufetta elettrica e un numero imprecisato di coperte acriliche. Volevo sfuggire all'offensiva dei fumi del camino. Si gelava anche nel salottino, ma in compenso avevo a disposizione la serie completa di prime edizione Medusa. Non avevo la forza di leggere, mi gratificava tuttavia la semplice vicinanza dei libri, soprattutto della *Maria Antonietta* di Zweig.

Le volute di fumo si insinuavano anche sotto la porta, il monossido ci inseguiva per provocarci l'asfissia. Il peso delle coperte era analogo a quello delle pelli dei grossi mammiferi oggi estinti in cui si avvolgevano i cavernicoli; rannicchiata sotto le coltri, vedevo il mio respiro condensarsi in entità umanoidi, pronte ad assumere il sembiante di gnomi, nonché del noto principe delle tenebre. Nella ridda mi parve di riconoscere il viso bonario di Madre Speranza di Gesù nell'atto di scacciare le creature infernali, ma non posso affermarlo con certezza. Ne fui comunque riconfortata. « Non sei più sola ». Il cane, indifferente alle presenze diaboliche, si accomodò sulla mia testa, in bilico sul bordo del lettino d'emergenza ove ci eravamo rifugiati. Giacqui con le orbite sbarrate, i capelli sparsi sul cuscino come ragnatela. Le donnole scorrazzavano forsennate sul tetto, udivo l'acciottolio delle tegole portoghesi smosse da mostriciattoli assetati di sangue. Alle ventidue e quarantacinque mi venne la congestione. Il cane ne approfittò per sistemarsi meglio sul guanciale. Sudavo freddo, lo stomaco dolorante come se fossi stata presa a cazzotti. Al fatale torcibudella subentrò tosto la rabbia. Sfoggiando l'orrido maxi piumino nero marciai nel soggiorno come una soldatessa israeliana. Lepe mi seguì trotterellando. Il camino finalmente tirava bene, si avvertiva un lieve tepore. Ero inferocita, in quella maledetta campagna, da sola con il gelo, la tramontana, le civette acciovettate sul cipresso, i crampi allo stomaco, gli occhi brucianti. Se fosse giunto qualcuno a rompere gli zebedei, tipo un bandito montenegrino, l'avrei massacrato con le molle del fuoco. Le piazzai sotto il lettino. Leporì non le annusò. Fu un punto di non ritorno.

Dopo quarantott'ore i cani, se staccati dal loro ambiente naturale, la famiglia umana, entrano in modalità selvatica. Tornano alle origini della specie, liberi di scorrazzare nei boschi. Sanno che per sopravvivere dovranno procacciarsi il cibo. Lepe non si inselvatichiva e rimaneva cane signorino, grazie al servizio di catering a domicilio, nella persona della stolida Quintilia. Piuttosto sono io, il cane femmina, a entrare in modalità selvatica. Costretta a patetici spostamenti in treno lungo le principali direttive dell'Italia postunitaria, mi instregonisco. Nelle carrozze ferroviarie i capelli e le vesti s'impestano di indefinibili afrori animaleschi. A forza di toccare maniglie lerce sono infestata da mini verruche sulle dita. Sono impedita a espletare le basilari funzioni fisiologiche nelle ritirate viaggianti, se non a prezzo di contorsioni sul bordo del wc. Non di rado, arrampicata e nell'atto di urinare, per una improvvisa frenata del convoglio sbatto la fronte contro le bisunte pareti istoriate di scritte a carattere sessuale; indi precipito su laghi di piscio altrui, storcendomi caviglia e ginocchio. Gli schizzi del liquido su cui sono atterrata penetrano nelle mie scarpe. Pertanto smetto di bere in viaggio. La fame e la sete mi spingono a caccia di prede nei depressi bar buffet delle stazioni, ove occhieggiano spavaldi generi alimentari da forno a base di grassi idrogenati come l'olio di palma o di colza. Disidratata e colpevole, rosico di nascosto le tipiche losanghe biscottate al malto, in formato pocket da treno. Tosto m'intossico, m'assale la stipsi.

Certi giorni la mia povera madre, distesa nel lettino dell'ospedale di Trieste, parlava del cane, gli occhi le si facevano acquosi, l'azzurro carta da zucchero scoloriva nel celeste bebè; lei sapeva quanto fosse difficile governarlo, lo aveva forgiato per sua scelta come arma impropria. Còlta da soprassalti di cinico realismo, sosteneva che lo dovessi portare dal veterinario, e kaputt. Mi tappavo le orecchie con i pugni chiusi. Mai avrei condotto Leporì all'appuntamento con la fatale iniezione. Preferivo l'incessante incubo dei miei spostamenti sulla via ferrata, non avrei mai rinunciato all'esilio campestre con il mio canetto vivo e festante, soprattutto quando c'era la neve, che cadde copiosissima nell'inverno della malattia. Era cominciata la fosca stagione in cui fui metà dell'anno sulla faccia della terra, e l'altra metà agli inferi con mia madre.

A parte la Quintilia, che avevo investito anche del ruolo di cuciniera, nessuno mi aiutava. Per non soccombere, mi urgeva, imprescindibile, la presenza di una figura umana, che tuttavia non riuscivo a definire, e ciò rendeva la mia richiesta a conoscenti e amici affatto vana; per quanto mi sforzassi, nessuno capiva di preciso cosa invocavo: cercavo un ibrido tra una dama di compagnia e una guardia del corpo. Non potevo ammettere che la vera e unica presenza che mi avrebbe sostenuta e incoraggiata, tra le orride Simplegadi ove annaspavo, era semplicemente la mamma. Ero rimasta sola. Raffaella non mi avrebbe più pungolata. La lotta per la sopravvivenza sarebbe stata solo mia.

Mia madre dimorò nel Nord-Est da settembre a marzo, e altrettanto durò la prigionia del cane abbandonato e la mia angoscia quotidiana per le sue sorti. Viaggiavo in treno da Orvieto verso Trieste, da Trieste ripartivo alla volta di Genova, ove il mio fidanzato sampdoriano mi attendeva per bere un caffè insieme nell'oscura primavera di Sottoripa, da Genova mi scapicollavo a Orvieto per assistere il cane, quindi ripartivo per Trieste. In quei mesi mia madre, sempre ricoverata, era morta almeno sette, otto volte. Quando mia sorella e io eravamo ormai in procinto di chiamare le pompe funebri giuliane, la genitrice risorgeva. Verso Natale i medici rinunciarono a ogni terapia conosciuta. Dopo la quinta morte e resurrezione la poverina si stancò di sopravvivere. Aveva subìto l'ordalia della macchina della respirazione forzosa, la pulizia dei bronchi con aspirazione catarrale mediante un attrezzo, simile al forchettone per gli spaghetti, con cui le avevano grattugiato gli alveoli, le trasfusioni di sangue e il catetere. Voleva soltanto andarsene, ma gli operatori sanitari non glielo permettevano. Un simile accanimento terapeutico feriva nel profondo anche me; il corpo non le apparteneva più, avviluppato ormai nel reticolo di una bassa magia nera, sopravviveva rantolando sotto i colpi di quel vischioso malocchio generato da macchine e stantuffi che qualcuno osa chiamare « moderne conquiste della medicina ».

Un venerdì, dal fondo del letto, Raffaella cominciò a rimproverarmi con voce sorda e usando appropriata terminologia medico-scientifica. Di quello strazio, del quale ero innocente, divenni l'unica, deprecabile artefice e rea. Non potevo non essere colpevole. Se mia madre era ridotta a una larva ospedalizzata, era stato solo perché avevo avuto la sventata idea di chiamare l'ambulanza il giorno dello svenimento. Mi sarei dovuta astenere, dovevo lasciarla morire a casa sua, vegliata dal canetto. Genuflessa e contrita, chiesi scusa: chiunque avrebbe allertato i pubblici soccorsi davanti a un congiunto agonizzante in bagno. Mia madre dissentiva, scuoteva il capo, le mollette di strass aggrinfiate ai capelli lanciavano sinistri bagliori, rimbalzavano sulle palpebre. Mi si spezzava di cuore.

Sputò un seme di melone sul rovescino del lenzuolo stirato. « Ricordati che sei una bambina tedesca ». Bevve una lacrima di Aperol. Con aria oltraggiata, strizzò la bocca e fece labbrino, tipica smorfia di disappunto infantile. Mi guatava cattiva. Non sapevo più come giustificarmi e per darmi un contegno ospedaliero lisciavo la sovraccoperta di percalle, sistemavo il coltrume. Dal lenzuolo sollevato sbucava l'alluce gonfio con relativo unghione ispessito e adunco come il becco di un pappagallo. Era impestata di acido urico, stremata e incapace di difendersi. Ed ero io, ancora e sempre io, la responsabile di quel disastro. Lo sapevo che razza di umiliazione fosse indossare le mutande ventiquattr'ore al giorno? No, si rispondeva mia madre, non potevo immaginarlo, perché di certo io dormivo senza, come mi aveva abituata lei.

Mia madre sputò un seme di uva regina direttamente sulla mia mano, gli occhialini appiccicaticci erano insozzati di succo d'ananas. Era conscia, ammise, del mio spavento nel giorno fatale del mancamento orvietano, ma avrei dovuto inspirare profondamente e leggere un passo del *Libro tibetano dei morti* prima di chiamare il centodiciotto. Non avevo agito per il suo bene profondo. No. Abbindolata da una pulsione animalesca di protezione della specie, ero stata posseduta dalla prescia di soccorrerla, condannandola così a giorni di miserabile agonia. Oltretutto in un luogo pubblico, dove chiunque poteva vederla. A questo punto, con voce sorda e appropriata terminologia sentimentale, attaccò: se le volevo bene, come potevo accettare di vederla torturare in modi tanto sottili e perversi? C'era un rimedio? Se le volevo bene, perché non l'aiutavo ad andarsene? Era l'estremo tributo di amore filiale che mi veniva chiesto. Lei, ad esempio, lo aveva fatto per il cane Pipìa, nel maggio del 1992. Nel giro di poche ore il blocco renale lo aveva reso cieco. La bestiolina tremava e barcollava in preda all'angoscia, cozzava contro le porte, il divano, i termosifoni, le zampe del tavolo da pranzo. Dopo tre ore di quella sardana mia madre aveva convocato Mauretto, il veterinario di fiducia nonché primo dirigente del mattatoio provinciale. La fine di Pipìa si consumò in dieci minuti. La piccola salma, composta nel sudario ricavato da un lenzuolo di lino, fu vegliata in una cameretta, già mia tana adolescenziale di studentessa ginnasiale con le pareti tappezzate dalla triade: Jim Morrison, Alice Cooper e Karl Marx. Celebrammo le esequie in gran segreto secondo il rito cataro. Mio padre, con la paletta della cenere, non disponendo di adeguato strumento, scavò una buchetta nel giardino di quella che sarebbe diventata un giorno la casa nuova restaurata per Leporì. Anni dopo, nel goffo tentativo di bonificare un lotto di terra argillosa, dissodando le zolle sotto il pino ove volevo mettere a dimora un prato all'inglese, trovai un ossetto di Pipìa. Nemmeno il tempo di capacitarmene che ratto Lepe lo ghermì.

Uscita dall'ospedale, camminai senza meta, la mantella svolazzante, gli occhi spiritati come due chicchi di melagrana, i capelli accordellati, le ascelle diacce di sudore e il cervello in subbuglio, finché la pietosa bora chiara non mi abbracciò stretta sollevandomi in aria come Judy Garland nel *Mago di Oz*. Mia madre voleva che chiamassi un veterinario anche per lei, pretendeva una morte equa. Mi rifugiai nella torrefazione Antica Casa del Caffè. Per placare le smanie della genitrice le comprai due etti di boeri. Li scartocciai e li mangiai quasi tutti sul marciapiede limitrofo. Il vento si trascinò via la carta argentata. Il ripieno al rhum mi stordì. Il monologo materno mi si era conficcato nella corteccia cerebrale come il punteruolo utilizzato fino alla seconda guerra mondiale per lobotomizzare i disagiati. Un ferro lungo e piatto veniva introdotto attraverso l'occhio destro fino ai lobi frontali. Una sfruculiata, due colpetti ben assestati e, se non crepava subito, il paziente veniva ridotto allo stato vegetativo. Ne discendevano positivi effetti collaterali: egli non avrebbe più disturbato i medici, avrebbe cessato di gridare in corsia allarmando gli altri ricoverati, non avrebbe più morso a tradimento la mano dell'infermiere che lo accudiva. I parenti erano tosto sollevati dalle preoccupazioni per la salute del congiunto, e la vergogna sociale, che marchiava come osceno sigillo la famiglia dello sventurato, di colpo si dissolveva. Talora, con la connivenza di un notaio bendisposto, si potevano già pre-ereditare gli eventuali beni immobili e mobili del malato. Ripresi la via del Cattinara a testa bassa.

Con astuzia posi domande trabocchetto ai dottori, cercando di sapere cosa poteva succedere se mia madre fosse rimasta senza ossigeno. Mi sembrava la maniera più naturale di agevolarne la dipartita. Poteva decidere in tutta libertà il momento adeguato per sfilarsi gli occhialini: prime luci del giorno, oppure l'ora che volge al desio. All'ospedale risposero che era impossibile, si offesero. Lesa maestà! Nei reparti, il flusso di ossigeno era ininterrotto, anche in caso di blackout elettrico. Più in generale nessuno si sbilanciava sugli effetti dell'anossia. Non era certo che restasse stecchita. Magari avrebbe riportato danni cerebrali permanenti con relativa emiparesi. Mentre mia madre chiedeva a gran voce un Campari soda, invece di servirla, nella penombra della stanza da bagno mi scervellavo in preda ai sensi di colpa, sostenendomi al bordo del lavabo.

La bora sferzò i condomini liberty e le villette mono e bifamiliari disseminate sulle pendici del Carso per tre giorni abbondanti. Con i capelli arruffati tipo un nido di cicogne in Normandia, facevo dentro e fuori dall'ospedale, rimuginando senza requie. Il metodo per accontentarla mi sovvenne dopo giorni di febbricitanti elucubrazioni miste a smanie notturne a vocazione bondage. Un internista, da me tampinato mentre beveva l'ennesimo espressino corto, si era lasciato scappare che la morte meno dolorosa avviene per annegamento. Annegamento, non asfissia. Ne fui folgorata. Anche se ridotta in versione cesso alla turca, mia madre si faceva lavare i capelli. Le infermiere la strigliavano nella vasca con il doccino. Potevo, in quanto figlia accudente, chiedere di occuparmi di persona della sua toletta. Sarebbe bastato ficcarle la testa nel lavandino dopo averle tolto gli occhialini. Un mancamento, un attimo fatale, glu glu glu, e sarebbe annegata. Agli inquirenti avrei dichiarato, sotto giuramento, che era stata lei a propormi di applicare la solita crema districante all'olio di argan, la cui posa aveva contribuito al fatale trapasso.

« La morte meno dolorosa avviene per acqua ». Lei sorrise: le avevo appena fatto scoprire grazie alla mia erudizione di seconda mano che l'esortazione di T.S. Eliot era palesemente falsa: « Temete la morte per acqua » era una mera licenza poetica. Annuì con convinzione, a patto che usassi un prodotto di qualità, un balsamo francese e non quello industriale in voga al nosocomio. All'improvviso le tornò il colorito sulle guance; la prospettiva la rallegrava tutta. Volle brindare con un analcolico. Per festeggiare sputazzò sulle coltri invisibili semi di melone.

Le dissi però che non potevo prometterle che lo avrei fatto; e lei allora affermò in tono sbrigativo che era stanca, voleva riposare. Fui cacciata dalla stanza. Non ero affatto convinta del piano; nutrivo dubbi di natura pratica. Sono certa che, nell'imminenza del trapasso, l'istinto vitale prenda il sopravvento sull'ineluttabilità della morte naturale; figurarsi che ne sarebbe stato di una decisione razionale e pianificata. Si osservi ad esempio il comportamento della gallina da brodo quando l'allevatore penetra nel pollaio al fine di tirarle il collo. Il pennuto, immediatamente conscio del suo tristo destino, si cimenta in un'inutile fuga verso la libertà. Anche se non ha scampo contro la possanza del robusto villico, la gallina si difende con coraggio, frulla le ali, tenta di spiccare il volo, starnazza disperata, e talora becca con violenza il suo carnefice sul dito pollice. Si dà anche il caso, non infrequente, di pollastre decapitate che s'allontanano dal ceppo dell'esecuzione sulle proprie zampe. Io stessa fui testimone oculare di una simile scena sull'aia di feroci bifolchi centroitalici. La fuga è ridicola, ma incoercibile è la brama di vivere al punto che le sventurate zompettano anche da morte prima di rovinare a terra fra la polvere e cespi di cicoria di campo. Indi ammollate in acqua bollente vengono private del piumaggio, passate sulla fiamma viva, eviscerate e arrostite al forno con patate e rosmarino. Le interiora partecipano alla gloria tribale del ragù contadino.

E se mia madre, qualora fosse stata arrovesciata con la capoccia nel lavabo, mi si fosse rivoltata contro come Lepe quando rosicava una rotula di vacca? Se invece di annegare fosse rimasta paralizzata? Chi avrebbe sopportato le sue sacre rimostranze? Era un'ipotesi deleteria, tuttavia non peregrina.

8

Mi mancava il coraggio. Anzi, il solo pensiero mi ripugnava. Sproloquiammo per giorni; crebbero e s'irrobustirono in me dei cruciali dubbi, questa volta di natura etica, che mi provai a illustrarle. Nessuno ha il diritto di togliere la vita a un altro, ci pensa il buon Dio. Non potevo proprio aiutarla a realizzare il piano. Mia madre era furiosa, tosto mi disconobbe, in subordine ce l'aveva con il Padreterno, il cui figlio unigenito apostrofava chiamandolo «Cristaccio». Per quanto si sforzasse, non vedeva alcuna giustificazione morale nel suo calvario ospedaliero. Bofonchiava in tedesco maledizioni irripetibili, mentre sfogliettava nervosa una rivista di moda francese.

Ritta ai piedi del letto, tuonavo che la sofferenza nutre lo spirito e la mortificazione della carne avvicina l'anima a Dio. Goffa ed esaltata come Gatto Silvestro, o in alternativa Ezechiele Lupo, la inondavo di una crescente marea di coglionerie sincretistiche. Ero ritornata a essere la predicatrice Rosmericraist, come ai tempi del liceo, quando, ossessionata dal fatto che per bruciare un chilo di grasso ci si deve privare di ben diciottomila calorie, avevo fondato la Chiesa delle Diete. Mia madre, ormai disillusa, sorbiva l'ennesimo Aperol soda, o un Martini dry, rosicava un anacardo, mi sfidava apertamante, sputava i diuretici sui braccioli della comoda. Mi lanciava sguardi densi di disprezzo. Quando fu chiaro che non avrei obbedito, mi scacciò non solo dalla stanza ma dalla sua vita insieme alla Divina Provvidenza, alla quale si era, peraltro, appellata tutta la vita.

Scaduti i termini del suo soggiorno al Cattinara, fu spedita al centro riabilitativo di Aurisina. Il soggiorno montano le piaceva; la moderna clinica con balcone vista conifere le evocava prepotentemente la giovinezza: affetta da tisi come Katia Mann, era stata tre mesi nella Zauberberg di Siusi. Assistita dalla misericordia di Cristo, ad Aurisina pedalava ogni giorno sulla cyclette. Per sdebitarmi con il Signore di un tale miracolo, progettavo infervorata di prendere i voti da terziaria francescana. La ciclista trascinava i piedi lungo il corridoio, la camicia da notte infilata fra chiappe ormai scarnificate. La tallonavo spingendo il bombolotto dell'ossigeno. Alla fine della terza settimana, anche il protocollo di cura di Aurisina fu completato: si doveva smammare anche da lì. Con i codoni fra le gambe riparammo all'ospedale di Trieste, in un reparto diverso dal precedente. Era carnevale, e i visitatori recavano vassoi di frappe e castagnole per il personale medico e paramedico. Mia madre era malridotta, al punto di sembrare già morta. Era viva, invece. Pallida, semiassopita, gorgogliava come una grondaia intasata di foglie marce e sputava inesistenti semi di melone. *Ex abrupto* il martedì grasso scaracchiò un grumo gialliccio, preziosa reliquia che raccolsi nel fazzoletto: fu il primo e ultimo segno di guarigione, perché in qualche modo i suoi

bronchi parevano liberarsi dall'occlusione di mu-
co. Ma dopo quella fausta espettorazione non tossì
mai più.

Mi preoccupavano i costi del trasporto della salma
a Orvieto. Un pomeriggio, all'ora del tè, elogiai con
entusiasmo i moderni sistemi di cremazione, la riser-
vatezza delle cerimonie funebri, la praticità di un'ur-
na contenente i resti, la magia e originalità della di-
spersione delle ceneri. A sentì 'ste fregnacce, Raffaella si arrabbiò fino al parossismo, le gote infiammate
di un terribile risentimento. Lei non ci pensava proprio a farsi bruciare in un forno crematorio. Voleva
essere seppellita tutta intera: maglietta nera con gli
strass, gonna a fiori tagliata sbieca e ballerine. Il mer-
coledì delle ceneri il primario ci comunicò che il
tempo del ricovero era per l'ennesima volta scaduto.
Non restava che tornare a Orvieto.

«Puttane!» gridò mia madre, rivolta a mia sorella
e me. Fuggimmo come bambine spaventate dal ba-
bau per la scala di sicurezza. Poi si placò e chiese un
vassoio di frappe. Tornare in Umbria rappresentava
per lei la fine di ogni speranza. Sapeva che a Orvieto
sarebbe morta.

Il trasferimento venne effettuato con un'ambulanza giunta da Gorizia. Per il viaggio, mia madre ordinò anelli di totano fritti e prosecco dop di Valdobbia-
dene. A metà strada imposi una sosta all'automezzo.
Gli operatori non volevano saperne di fermarsi, perché le ambulanze, per regolamento, viaggiano senza effettuare alcuna pausa. Li minacciai di morte. Su
una piazzola nei pressi di Roncobilaccio, mi dovetti
abbassare le mutande e fare la pipì su un mucchio di
neve sporca. L'inferma, dal gelido ventre dell'automezzo, si lamentava con voce da strega: il pesce era
freddo, urgeva la padella e il vino nel bicchiere di

plastica sapeva di tappo. Gli ambulanzieri, a differenza di me, non manifestarono il benché minimo bisogno di orinare per la durata dell'intero viaggio, durato circa otto ore con percorrenza di settecento chilometri. La sera stessa, una volta giunte a casa, il cane la fece sui due bomboloni da trentamila litri. Poi, quando mia madre fu sistemata a letto, gli occhialini mezzo fuori dalle narici, Lepe si mise di buzzo buono a rosicare i tubi dell'ossigeno. «Il cane si annoia». Guai a scacciarlo, la belva ringhiava, si rivoltava guizzando come lo squalo nell'ultima sequenza dell'omonimo film di Spielberg. Fui costretta ad agguantarlo per la coda, lanciandolo quindi nel salottino come se fossi impegnata in una partita di curling. Mia madre, prostrata al punto di non riuscire ad ammonirmi, commentò bonaria l'attentato. Con un amorevole sorriso e un filino di voce, dichiarò che Lepe aveva capito che per lei non c'era scampo. L'Illuminato, mosso dalla sua notoria *pietas*, si accingeva a praticarle, nell'intimità della camera da letto padronale, una dolce eutanasia. Era grata di questa divina premura, sarebbe finalmente, grazie al cane, potuta morire in pace a casa sua. In tale piana e serena dichiarazione, si celava una scomunica nei confronti della stolida figlia, io, che, a differenza di Lepe, si prodigava a mantenerla forzatamente in vita, in condizioni tanto miserabili. Mia madre non tollerava più di vivere sempre attaccata all'ossigeno, condanna che non avrebbe comminato nemmeno al suo peggior nemico – il quale aveva i tratti inconfutabili del mite ufficiale giudiziario che per anni, vivo mio padre, ci aveva perseguitato, intimandoci lo sfratto per morosità in alternativa al sequestro di beni mobili, a esclusione dell'apparecchio televisivo. Durante i giorni successivi alla delittuosa impresa tentata da Lepe, Raffaella mi rimproverò sovente di non averlo lasciato fare. A nulla valse la mia confessione sull'incertezza del trapasso nel caso di distacco volontario dai tubi dell'ossigeno. Rischiava di sopravvivere comunque, affetta da emiparesi e afasia. A mia madre non importava un fico secco, voleva morire, lei.

Allo scoccare della prima settimana in casa, le proposi una soluzione alternativa che mi sembrava accettabile: si ricoverasse in una dignitosa struttura per anziani non autosufficienti. La prospettiva di essere investita dei gradi di caporale di un manipolo di badanti mi riempiva di sgomento, non meno di quella di specializzarmi nella gestione delle orride bombole. Né intendevo diventare domatrice di Lepe: ché il canetto, inselvatichito, non lasciava avvicinare alcun essere umano, me compresa, al catafalco dell'inferma. I tubicini dell'ossigeno intorcinati sul collo, la coperta stazzonata, il lenzuolo gualcito e impataccato di Martini rosso, mia madre decise di fare testamento. Fui diseredata.

Verso le diciannove le due coppie di cardellini si sono alzate salutando la brigata e, senza fornire spiegazioni, si sono dileguate. Una delle donne aveva un montgomery verde menta con i bottoni di corno. Renato Wok ha approfittato per sgranchirsi i coscioni. Una stangona, già qualificatasi diplomata erborista ayurvedica, è andata al cesso. Ho serrato le palpebre nel tentativo, peraltro inane, di sintonizzarmi sul corpo sottile dell'Ākāśa così come mi aveva insegnato mio padre. Sono rimasta al posto mio.

Il lungo piano sequenza del terzo occhio mistico inquadra adesso la signora Sciarpa Arcobaleno. Le mani sui fianchi, a gambe larghe, fissa minacciosa la controfigura di mia sorella. Chissà cosa le farà. Fran la bella, primogenita imposta dalle consuetudini del matrimonio borghese, l'Intrusa subito affidata alla balia ciociara sotto l'alto patronato della nonna Maria. Una bambina che non si era mai permessa di chiamare Raffaella «mamma». Una figlia che se n'era andata precocemente via da casa e si era costruita una famiglia tutta sua, partorendo addirittura un maschio. Una figlia che invece di cecarsi sui romanzi russi, francesi e americani aveva studiato le stelle e scrutava il cielo attraverso telescopi. Una figlia disconosciuta, che non era stata capace di vezzeggiare e onorare i cani. Chi era mia sorella? Qual è il ricordo che conservo di lei? Una bambina di sette anni col frangettone regolamentare. Si sforza di compiacere la madre e goffa sorride in una vecchia foto, allungando impaurita la manina verso la Gigia, il bulldog. Il cagnolo francese sembra un mostro del ciclo di Cthulhu. Mia sorella ha paura. Infatti, come nella fiaba, la sua mamma era il tesoro nascosto dentro una caverna custodita dal drago. Solo se avessi sfidato il lucertolone squamoso che dardeggiava fiamme al posto della lingua ti saresti guadagnata l'attenzione materna, in subordine forse anche un po' di amore. Sullo sfondo dell'immagine in bianco e nero si erge mio padre, giacca di velluto a coste larghe, che sorride sincero e sfoggia lo sguardo del genitore fiero della prole. Sull'angolo sinistro mia madre, nell'ombra di un melograno, affetta una smorfia di sufficienza mista a noia. Che figlia è quella incapace persino di fare una carezza al cane?

Il bolso Wok domanda:

«Come sta la Sorella?».

Questa però non ha il tempo di rispondere perché la signora Sciarpa Arcobaleno la aggranfia per una spalla e senza che la tapina se ne capaciti la caccia via dal cerchio. Fuori due. Di fronte a siffatto dramma familiare gli astanti manifestano segni di tedio palese, se non di insofferenza.

Nei primi giorni dell'esilio nella casa di riposo per anziani non autosufficienti mia madre divideva la camera con un'altra ospite della medesima. Il fagottino dall'umano sembiante giaceva nel secondo letto, non emettendo alcun suono: la morta che respira. L'infermiera si accaniva nel cambiarle di continuo camicia da notte e mutandine; una volta rimboccate le coltri, con rapidi gesti professionali lisciava il rovescino del lenzuolo. Vana premura, che secondo mia madre contribuiva ad aumentare l'entropia. Quando l'angelica presenza è trapassata, Raffaella sorseggiava Aperol on the rocks, assisa sul trono della comoda. Faceva gli occhiacci. Sbuffava. La morta non aveva esalato neanche un gemito. Non ce ne accorgemmo neppure. Nel tardo pomeriggio l'infermiera tornò con l'ennesima camicia da notte fresca di coccolino e si accorse del decesso. Prontamente installò un paravento fra i due lettini, certo per evitare a mia madre quella visione. A cena quest'ultima commentò la dipartita della sodale, affermando che non c'era spiegazione logica del perché la donna fosse campata, quanto a lungo non sapemmo mai, in quello stato che la accomunava a un vegetale. Alla poveretta non subentrò mai alcuna altra presenza, e così mia madre poté godere fino al suo ultimo giorno di una doppia uso singola.

Siccome l'avevo internata nella casa di riposo Figlie del Sacro Cuore di Gesù, mia madre, stizzita, non mi rivolgeva la parola. Dava una ciucciata ai diuretici e li nascondeva sotto il coprimaterasso. Per dispetto, teneva gli occhialini spenzolanti fuori dalle narici. All'istituto stava senza mutande, perché lì, a differenza dell'ospedale, si paga la retta e perciò si può derogare dal regolamento. Ma ciò non bastò a placare il suo risentimento. In paese, quando ci si riferiva alle strutture per anziani, lo si faceva sempre con una vena di disprezzo. Se un ottuagenario spariva dalla circolazione e non erano stati affissi i necrologi sul muro del vicoletto che dalla via del Corso mena al mercato, la gente mormorava: «È andato ai Vecchioni», come se l'assente fosse colpevole di essere anziano e pertanto dovesse subire l'esilio perpetuo in un ostello nel quale l'unica speranza era la morte per cause naturali. Non era più autosufficiente? Non era in grado di ripetere con decenza i gesti di una vita? Aveva bisogno di aiuto anche per infilare le braghe? Usciva per strada e vagava dimentico del proprio nome di battesimo? Inciampava nei gradini, cadeva a terra e si fratturava un ossetto? I discendenti non sopportavano l'idea di un siffatto rottame nemmeno se stava a casa sua. I figli non avevano tempo né energie da sprecare per assisterlo quotidianamente. Il reprobo andava spedito nel romitorio di vergogna e isolato dalla vista degli altri. La vecchiaia è una strega orrenda, e gli anziani, in quanto sua repellente manifestazione sociale, vanno nascosti.

Eppure, nonostante l'avessi internata ai Vecchioni, a poco a poco mia madre si raddolcì. L'ospizio non era grottesco come se lo figurava, soprattutto perché non ebbe l'agio di visitarlo in lungo e in largo. Sulla moderna struttura per anziani con annesso patio e chiesa, vegliava un'assemblea permanente di statue di soggetto sacro con una ricca corte di astratti simulacri votivi. All'improvviso, all'altezza dei gomiti dei lunghi corridoi ti si paravano davanti ectoplasmatiche Madonnine di Lourdes, talora fluorescenti, nei toni del verde chartreuse, seguite da ordinate pattuglie di sant'Antonio da Padova ai cui piedi crepitavano legioni di lumini rossi frammiste a gigli di plastica bianchi. Il rischio che divampasse un incendio era altissimo. Incontrollata un'epidemia di centrini all'uncinetto tracimava dalla maggioranza delle superfici piane di mobilia di uso comune, da cui svettavano come champignon vasetti di fiori di tessuto non tessuto, bomboniere di cresima dei figli dei dipendenti con confetti rainbow, inutili portacenere finto Boemia e statuine da viaggio raffiguranti il Sacro Cuore di Gesù in alternativa alla Madonna dei Sette Dolori. Seggiolacce, sedioni con braccioli foderati di skai e impervi divanetti accessoriati di plaid accoglievano gli ospiti nel salone, dominato da una statua bronzea di Padre Pio benedicente con i caratteristici mezzi guanti. Ero affascinata dalla grandiosa decadenza paraospedaliera della casa di riposo, gestita da due preti, di cui uno pittore di nature morte, l'altro motociclista di trial.

Una volta assimilata l'offesa del suo internamento, mia madre ordinò subito da bere. Mica acqua, quella non l'ha mai voluta, ma alcol, e di quello buono. Si inaugurò così l'èra dei «drinkini»: un'espressione che venne ad arricchire il nostro privato idioletto, che condividevamo solo con il cane. Alla cooperativa mi procacciai una bottiglia di Aperol, acqua tonica, spumante italiano, limoni, succo di albicocca e ananas. Ogni pomeriggio, verso le diciassette e quaranta, mia madre centellinava l'aperitivo, come sua sempiterna consuetudine. Volle anche patatine, mandorle salate e olive, tutto un repertorio di porcheriole atte a suscitare la sete. Era talmente malridotta, in ogni caso, che poteva soddisfare qualunque suo desiderio. Una notte, un degente mai identificato si introdusse nella sua camera e si scolò l'Aperol. Il mattino dopo mia madre, avendo scorto la bottiglia a terra coricata su un fianco, si inferocì oltremodo. Dopo il misfatto, la nuova bottiglia da me comprata, stavolta di mandarinetto Isolabella, fu chiusa a chiave nell'armadio, con la borsetta, le scarpe e la gonna a fiori. La clandestinità dei beveraggi ci divertiva: eravamo finite nell'America del proibizionismo.

Fra marzo e giugno vivemmo una breve, intensa love story. Pareva impossibile, ma era tornata la primavera. Il cane, finalmente, stava con me a casa sua; madre e severa insufficienza respiratoria erano contigue ma distaccate da noi, così da poter essere visitate con agio quotidianamente. Cespugli verde pisello confliggevano con improvvise macchie di colore acceso, il giallo delle ginestre in fiore e il rosso dei papaveri. Con l'avvento dei primi tepori, non resistevo chiusa nell'istituto, in quella penombra olezzante di medicinali e di capelli vecchi. Dopo aver recitato un rosario culminato nel Salve Regina, deformato da vecchiarde freddolose e moleste in *Salvia reggina*, me ne tornavo a casa con la nobile scusa del cane. Mia madre sentiva la primavera e ne gioiva. Spasimava di raccogliere violette sul ciglio della strada vicino al bosco della Bérenge, come aveva sempre fatto. Mi incaricò formalmente di provvedervi in sua vece. Nulla mi ha mai tediato quanto la raccolta dei minuscoli fiorellini: lo stelo delle violette comuni è così risicato che, per stringerle in foggia di mazzetto, mi vengono i crampi alle dita.

In quell'epoca, se avesse avuto due polmoni invece di uno ormai necrotizzato al settanta per cento, Raffaella sarebbe guarita. La polmonite era debellata. Appena trascorsa la Pasqua, celebrata in istituto con innumerevoli messe, distribuzione di colombe senza canditi e pertanto culminata nel decesso di due ospiti paganti il Venerdì Santo, cominciai, rimpinzandomi di rosari, a presagire il miracolo della guarigione. L'ardente speranza mi dava le vertigini; orando sottovoce vagavo fra centrini all'uncinetto e lumini perenni. Inciampavo nella passatoia pasquale. Nel patio dell'istituto lei deambulava tignosa e lemme, grosso lumacone di fontanile senza guscio, sempre collegata alla bombola, da me sospinta con la solerzia di un alpino. Nell'infida calliccia del primo pomeriggio declamavo le *Elegie duinesi*, versi mai risuonati prima di allora in quelle stanze e destinati a non esserlo mai più. Seguendo il ritmo della metrica rilkiana la trascinavo verso la salvezza.

Andammo avanti così, in preda all'euforia e alla gioia di essere vive, per due mesi. A giugno, durante il Corpus Domini, apoteosi religiosa e gastronomica della città di Orvieto, ebbi la certezza che non ce l'avrei fatta. Perseverare a portarla idealmente sul groppone, così come avevo fatto fino a quel momento, non l'avrebbe salvata; quella che si delineava, invece, era anche la mia fine terrena. Una mattina, soffocando ogni traccia di affetto filiale, firmai il trattato di resa con l'ambasciatore della Morte: non volevo schiattare, morisse lei, vecchia e malata. All'improvviso mia madre assunse l'allure di Zio Tibia: pallida, il viso coperto da un reticolo di rughe sottili, gli occhi simili a nere capocchie di spillo, il corpo ischeletrito e gonfio nel contempo. Senza informarla, di prima mattina scappai a Genova, arrembando un regionale, e via alla volta di Firenze Santa Maria Novella e Viareggio, usuali stazioni di interscambio verso la destinazione finale. A metà pomeriggio, mentre nel fervore del passeggio genovese arrancavo lungo via XX Settembre, a ridosso di quell'Hotel Bristol dove Eusebio incontrava Clizia, mia madre mi telefonò. Con voce terribile, che non tradiva l'insufficienza respiratoria, scandì:

«Brutta vigliaccaccia, te ne sei andata via. Mi hai lasciato da sola a morire in fondo a un letto». Mi fermai di colpo come se avessi ricevuto una gomitata nella milza. Mi specchiai nella vetrina delle borsette Braccialini, e non sapendo più a cosa appellarmi fissai un modello a forma di lumaca, esposto vicino ad un altro a forma di cane. Raffaella le apprezzava, quando ancora non erano di moda lei andava apposta a Firenze per comprarsene una. Il giorno dopo ripresi il treno e tornai da lei.

All'istituto faceva sempre più caldo. I ricoverati morivano a scaglioni, decimati da insufficienze cardiocircolatorie. Con le tapparelle abbassate in permanenza, in una sorta di luce crepuscolare assai mistica, attendevamo la fine. Nel salone, con il contributo di volontari non qualificati, si tenevano maratone di rosari, culminanti nell'offerta ai partecipanti di aranciata tiepida e succhi di pera omaggio della cooperativa Porgi l'Altra Guancia. Torturata da una sete a prescindere, fra un rosario e una compieta, boccheggiando, mi trascinavo come una storpia nella penombra dei corridoi.

In un'ala remota del cronicario alloggiava Pio, chincagliere ambulante. Di lui resta una foto a colori che lo ritrae a braccetto di un vigile del fuoco in borghese a una sagra della porchetta e delle tortucce. Estate e inverno indossava un giubbotto oversize dell'Agip a rigoni fluorescenti con la fodera tappezzata di orologi falsi di infima fattura. Aveva un'età imprecisata, Pio, gli occhi color carbone, il pizzetto corvino alla La Marmora, mani come pale da fornaio. Ebbe i natali ad Amelia, figlio di N.N. Dopo la guerra, una coppia di ferrovieri sterili, marito e moglie, lo trovò sotto un cespuglio, abbandonato in un cestino di vimini. Lo crebbero come figlio naturale. Appena maggiorenne, Pio se la svignò a piedi verso Roma. Vagabondava come il Matto dei tarocchi. Non aveva ritardi mentali, né deficit intellettivi, non si ubriacava, non rubava, era un poltergeist buono. Durante la conversazione a tratti si incantava, ammutoliva e non parlava più, nemmeno se lo minacciavi con le forbici. Per cinquecento lire, a richiesta, faceva versi degli animali, previsioni meteo nonché l'imitazione di Papa Wojtyła. Il suo cavallo di battaglia era il gatto che gnaola, a seguire la volpe a caccia di piccoli animali da cortile. Emetteva sempre i medesimi stridi, quale fosse l'animale rappresentato. Il giovedì vendeva cianfrusaglie al mercato di Orvieto: aghi, filo, spille da balia, elastici per mutande e pigiami, orologi taroccati e, talora, un coniglio vivo. Era finito all'istituto per un vago disturbo cardiaco, si poteva spostare liberamente, anche se dal complesso, ubicato nelle romite campagne, lungi dalla provinciale, ogni forma di consorzio umano era lontano. Tutti i pomeriggi sgattaiolava nella stanza di mia madre. Lei non lo degnava di uno sguardo, mentre lui la contemplava come una diva del cinema neorealista sdraiata sul canapè. Affinché intercedessi con l'ostile signora, indifferente alle sue visite di cortesia, Pio portava sempre dei regalini per me. Una volta la pasta callifuga, due fette di salame Milano, un maritozzo con l'uvetta stantio, una pinza turchese per i capelli. Se ne stava zitto come un topolino che non voglia essere scoperto dal gatto. Seduto sul bordo di una sedia, mi aspettava. Appena varcavo la soglia improvvisava un balletto. Mia madre rognava. Le mescevo subito un Campari soda, indi per non urtare l'inferma ci spostavamo nel corridoio, ove Pio avrebbe imitato il gatto che gnaola e sciorinato le offerte votive.

Vantando mia madre una severa insufficienza respiratoria, mi ero procurata un saturimetro. Lo strumento è uguale a un telecomando tv senza pulsantiera, e culmina in un foro ove infilare l'indice. Sollecitato dalla falange vivente, esso misura la percentuale di ossigeno nel sangue, che appare lampeggiando sul display. Nelle persone in buona salute tale percentuale è in genere di novantanove su cento. Mia madre metteva straccamente il dito e usciva ottantatré, talvolta anche settantanove. Sotto novantacinque, il paziente deve essere intubato e spedito in rianimazione. Raffaella era peggio di un fachiro, non si sa come sopravvivesse. Con ottantatré, ad Aurisina pedalava sulla cyclette.

Un pomeriggio Pio, con tre salsicce secche inguattate nelle tasche del giubbotto, si impossessò del saturimetro, e con quello pretese di fare zapping sul televisore spento, mai acceso prima in quanto privo di regolare presa. Dopo aver sputato rabbiosamente i diuretici nel cassetto del comodino, lei lo cacciò via. Lui non tornò mai più.

Certi giorni mia madre, cattiva e risentita, assisa sulla comoda malediceva il buon Dio. Quanto sarebbe persistita in lei la terribile vita che agita il mozzicone di lombrico spiaccicato sull'asfalto? Provavo un senso di mancamento per l'inutile esistenza, ormai non serviva più nemmanco il balsamo consueto delle *Elegie duinesi*. Muoveva le membra a fatica e disordinatamente, il disagio lievitava intorno a lei come potesse di punto in bianco o per dispetto togliersi da sotto il culo qualcosa di putrefatto e lanciarmelo in faccia. Era dispettosa e ostile; di nascosto faceva uno stronzetto nero e duro, che rotolava dentro la cassettina sotto la seduta della comoda. Appena udivo il plop mi veniva il vomito. Mi precipitavo a sfilare la piccola lettiera grigia, per vuotare il miserrimo contenuto nel water. Sembrava la cacchina di un pincher nano. Lei protestava: perché non la lasciavo dov'era? Non era di mia competenza occuparmi delle sue feci. Aggrottava le sopracciglia, manifestava il malumore increspando le labbra. Non riuscivo a guardarla, combattuta tra la rabbia e la pena. Per darmi un tono, ogni venti minuti controllavo l'ugello della bombola. Come una giannizzera, montavo di guardia. Appoggiando l'orecchio al cilindro, percepivo un sibilo. L'ossigeno liquido si congelava, l'ugello finiva per ghiacciarsi, e mia madre non se ne avvedeva, con quei cacchio di occhialini straripati dalle narici, bisognava controllare di continuo. Più volte al giorno si doveva procedere allo scongelamento con acqua bollente mediante una siringa da cavalli come quella dei clown. L'angoscia si faceva intollerabile.

Appena mia madre socchiudeva le palpebre fuggivo e mi mettevo a ispezionare le camere dell'istituto. Nella sette viveva un uomo di centotré anni, originario della Lucania, tale Giuseppe, che versava in uno stato di beata buddhità: né sonno né veglia. Bastava chiamarlo per nome e lui ti sorrideva. Chiedeva un bacio. Non puzzava di vecchio. All'insaputa di mia madre, gli davo dei bacetti sulle gote smunte. Da giovane era emigrato in America. Ricordava i docks di New York, Ellis Island e la storia di Sacco e Vanzetti. La seconda tappa era la stanza di una vecchia zitella che aveva già lasciato tutti i beni mobili e immobili ai preti, arredata con credenze e suppellettili portate da casa. La pensionante godeva di ottima salute. Stava lì, parcheggiata in attesa di volare in cielo, seduta in poltrona relax con poggiatesta lavorato all'uncinetto, attorniata da foto seppiate dei genitori, fiori di ignoto materiale plastico, lumini cimiteriali elettrici, una vetrinetta con bomboniere e ceramiche di Deruta, un ricamo a punto croce del Sacro Cuore di Gesù lussuosamente incorniciato, vasetti di piante grasse e, in ultimo, una campana di vetro con il Bambinello di Praga. Radio Maria era accesa tutto il santo giorno. Unico suo vezzo erano un paio di cardinalizie pantofole. Sarebbe potuta restare a casa sua. Invece si era ricoverata, ma non pagava la retta. Ogni giorno pregava la Vergine di prenderla con sé.

9

Pochi giorni prima che morisse per davvero, caricai mia madre e una bombola da viaggio sulla Micra: andavamo dallo specialista. Le sue gambe erano tumefatte fino alle ginocchia, la pelle squamata e bluastra sembrava quella di un varano di Komodo. Avvelenata dagli acidi urici, ossia da liquidi che il suo corpo distrutto non drenava più, respirava appena. Mentre affrontavo in terza il curvone dell'ospedale mi venne in mente la vecchia idropica moglie del casellante nella *Bestia umana* di Zola. Nel romanzo la donna aveva una sessantina d'anni, all'epoca questa età era già vecchiaia. Mentre la vita vera passa davanti a lei, nei vagoni illuminati del treno, la sventurata muore gonfia come un rospo nel miserabile casotto ubicato presso la Croix-de-Maufras.

Effettuata la visita, che si rivelò del tutto inutile, mia madre boccheggiava per il gran caldo che si era abbattuto sulla regione. Mi venne un'idea balzana: in barba all'impegno di solerte ritorno all'istituto che avevo preso con le autorità sanitarie, le forze dell'ordine e la nazione tutta, in quanto trasportavo materiale altamente infiammabile, decisi senza esitazione di imboccare la strada di casa. Mia madre, troppo debole per commentare, abbozzò un sorriso stanco. Gli occhialini infilzati nelle narici, teneva la mascherina dell'ossigeno in grembo: gliel'avevo imposta di riserva, casomai si fosse sentita male. Semi di melone le ornavano il petto. L'infermiera le aveva infilato una vestaglietta di ignota, non poteva certo andare all'ospedale in camicia da notte. Una gamma di colori accesi: rosso Valentino, verde brillante, giallo uovo su fondo nero, modello tunica da schiava romana. Ci mancava solo il tucano e sarebbe stata la foresta tropicale di Rousseau il Doganiere. Lei non aveva fiato per commentare il Kitsch della casacca multicolore, ma era palese che la trovava indecente. I brutti indumenti tradiscono una malizia inconscia, una volontà di dileggio e il cattivo gusto proprio dei lavoranti dei cronicari. I minorati mentali e i down sono spesso agghindati con ridicoli cappellini fantasia, in genere con la visiera girata sul collo, magliettacce slabbrate e mutandoni squillanti. Lo sconcio abbigliamento evidenzia la deformità di deretani malfatti e la vacuità di espressioni stolide. Magari gli infermieri pensano che i disabili vestiti come scimmiette del circo Barnum si rallegrino. Vattelapesca. In virtù della malattia, anche mia madre era stata ricompresa nella categoria degli inermi che non avevano diritto al fashion look discreto dei sani.

Nel tragitto verso casa costeggiamo l'opima campagna, messi bionde inframezzate da eserciti di girasoli. L'utilitaria si inerpica in seconda per la strada della Badia, penetra nell'abitato del paese di P., da noi inviso sin dagli anni Ottanta per l'arroganza e la prepotenza degli autoctoni, lo supera a velocità sostenuta. Controllo in continuazione la bombola, incastrata dietro il sedile del passeggero. Spasimo di arrivare: mia madre e il cane stanno per incontrarsi l'ultima volta. Sulla dritta, all'altezza del boschetto e feudo della Bérenge, la macchina fila senza esitazioni. Più ci avviciniamo alla meta, più il cuore mi batte in petto. Soffoco. Di colpo lo scenario è rutilante di suggestioni, nostalgie, sogni e miracoli. Come se la vita vera, non la nostra vita di madre e figlia insidiate dalla malasorte, d'improvviso stesse per riguadagnare il magico potere di aggiustare il nostro destino. Così ogni dettaglio percepito, anche il più irrisorio, assume enorme valore sentimentale: un incarto di biscotti al cacao abbandonato fra l'erba, un girasole spiaccicato, un pezzo di corda marcia. Registro tutte le immagini. Le metterò via per il futuro, per conservare un ricordo gentile, oltre la malattia e la morte. Sono emozionata come una gallina di Mondovì che abbia scodellato un uovo gigante. Incurante dei limiti imposti dalla segnaletica stradale, ci do dentro con l'acceleratore.

Una gazza pettoruta, con la massima disinvoltura, zampetta in giardino. Leporì è in casa, fa troppo caldo. Mentre posteggio davanti al cancello si slancia fuori dall'uscio, galoppa verso di noi. Mulina la coda a girandola. Mia madre è prostrata, sorride con un ghignetto avvizzito. Ha le labbra bianche. La bombola sibila in sottofondo, scandisce una vita ridotta ormai a brandelli. Penso che se crepasse qui, in giardino, almeno spirerebbe a casa sua. Certo, al sedile dell'utilitaria sarebbe preferibile il suo letto, ma non fa tanta differenza, siamo comunque a casa. Il cane ci guarda speranzoso, agita il codino. Siamo tornate a casa, come facevamo una volta. La bombola è troppo pesante per me, ma anche se riuscissi a sollevarla mia madre non ce la farebbe a scendere né a camminare. Il cane è felice. Con una voce che non mi appartiene lo apostrofo: «Lepe, guarda, c'è la Pupa». Lui drizza le orecchie, scruta a dritta e a manca, fa un giro su se stesso. La cerca invano, annusando l'aria; non rico-

124

nosce il familiare odore di borotalco e fresia, ormai corrotto dalla malattia. Per quanto lei sia nel suo campo visivo, Leporì non la distingue più: l'amata Pupa è ormai solo l'appendice di una bombola stipata dentro un'utilitaria color argento. Il canetto, con un residuo di desolata fiducia, mi fissa interrogativo. «Lepe, guarda, c'è la Pupa!». Si gira di scatto, si precipita verso un osso che balugina sul prato, lo artiglia. Fugge dietro la casa a nasconderlo, casomai ce lo volessimo pappare. Per tutta la vita il canetto ha temuto che gli volessimo disputare gli ossi di vitellone che gli recapitavo a domicilio.

Faceva sempre più caldo. Passando davanti alla stazione, scorgevo il termometro con la réclame della Mangimi Radicchio Settimio e Figli che segnava quarantaquattro, persino quarantasette gradi. Verso le due del pomeriggio la casa di cura stramazzava, senza fiato. Ogni oggetto era come ricoperto da una cipria invisibile, mi veniva sonno, non riuscivo a parlare. Mia madre era assisa sulla comoda, come la Papessa nei tarocchi di Marsiglia. Un foro circolare nella seduta, più vergognoso della Lettera Scarlatta. Stava senza mutande. Appena nella stanza mi avventavo sulla bombola per controllare che gli ugelli non si fossero congelati. Brandivo il siringone di acqua calda. Non la guardavo. Era ostile, indispettita. Giorno dopo giorno gli occhi le si facevano sempre più chiari, e come opachi, il contrario di quanto avviene nei momenti di felicità, in cui risplendono e il colore è intenso. Provavo una pena indicibile nel vedere il corpo di mia madre corrompersi. Pregavo che non morisse per un'embolia polmonare: avevo letto da qualche parte che in tal caso i moribondi urlano come bestie maldestramente scannate per lo spasmo che le attanaglia. Non riuscivo più a stare in quella stanza, dove la Morte di mia madre era acquartierata nell'angolo vicino all'armadio. Per mesi avevamo giocato a nascondino con lei; da poche settimane ci aveva scovato. Si era installata nella camera e aspettava quieta che mia madre capitolasse. Non aveva fretta. Immobile, pareva intenta alla cova. Sedeva strana, la Morte di mia madre. Ingobbita, con le ginocchia piegate sotto il mantello, non appoggiava la schiena al muro. La sua immagine mi aveva ipnotizzata. A tratti ammiccava bonaria affinché la seguissi in compagnia di una familiare brigata verso un misterioso, seducente, eterno banchetto. Mi avrebbe condotta in una contrada grassa e fiorita di viburni ove avrei ritrovato mio padre, i nonni, i parenti, anche le bisnonne e le arcavole, l'esercito dei cagnolini, Antonio il vecchio giardiniere della villa e persino la maestra Bearzatto che mi aveva insegnato a fare l'uncinetto. Creature buone e sincere che mi amavano profondamente. Quel mondo fiabesco mi attirava come il cartello sui fili dell'alta tensione: «Chi tocca muore». Ma come avrei potuto degnamente partecipare al desco se non possedevo nemmeno la forchetta? Rispose evasivamente la Morte di mia madre, lanciandomi sguardi che bruciavano, non mi dovevo certo preoccupare di un simile ridicolo dettaglio, aveva lei una ricca scorta di posate da tavola adatte a ogni futuro commensale. Cucchiai, forchette e coltelli di tutte le fogge e dimensioni, fra cui c'erano anche quelle a me destinate. Le avrei riconosciute dal monogramma. E così dicendo fece baluginare da sotto la cappa un losco arnese da beccaio. L'orrida visione scatenò in me il terrore mostruoso di venir accecata e quindi d'essere costretta a seguirla nell'infinito e nel buio. Mia madre, intanto, si stava preparando, radunava le sue povere cose che seguitavano a scivolarle di mano. Un fazzolettino ciancicato e con l'orlo scucito, una molletta, il pettine, le pastiglie di liquerizia extrastrong e i sandali. Tra poco una botola l'avrebbe ingoiata. Non ci sarebbe stato più tempo di ammirare la sua rinomata bellezza né di abbracciarla. Era arrivata alla fine del cammino.

Quel martedì di luglio il termometro della stazione lampeggiava quarantasette gradi. Il linoleum del corridoio ondeggiava sotto i miei passi come un mare grigio lavagna. Dalle porte socchiuse si levavano gemiti di antico dolore, effluvi di pomate, un lontano ronzio di mosche. Mia madre giaceva scomposta sul lettino, le lenzuola aggrovigliate, gli occhialini mezzo fuori dal naso, come sempre. Era sull'orlo di un precipizio. Mi rivolse un sorriso di circostanza, carico di tutto il peso della nostra solitudine. Il saturimetro segnava ottantaquattro. La bombola sibilava neghittosa; con il siringone giocattolo spruzzai acqua calda sulla valvola, che fischiò impermalita, come se l'avessi disturbata. Verso le sedici e venti ci fu la cerimonia del drinkino. Mi accinsi alla consueta funzione di ostessa con l'ansia che tutto finisse al più presto. Chissà dove si stava preparando ad andare, la mia Raffaella, sola e inerme con l'unico viatico di quel poco alcol trangugiato a fatica. Una volta bevuto lo spritz, mia madre apparve sfinita. Chiuse gli occhi, fingendo di dormire. Mi rivolse una smorfiaccia che significava: «Voglio stare da sola». Come se quel maledetto pomeriggio avesse qualcosa di molto meglio da fare che non intrattenersi in mia compagnia. Ne approfittai per svignarmela. Mi sentivo profondamente offesa. Ancora una volta vagai come cieca nella penombra del corridoio punteggiato di lumini votivi; avrei voluto visitare gli infermi, ma appena allungavo la mano per spingere una porta socchiusa qualcosa mi sbarrava il passo. Avevo in testa l'idea fissa di Raffaella distesa a occhi chiusi, sola perché così aveva voluto. Chissà cosa doveva fare da sola. Erravo senza meta.

Verso le cinque e trenta, trascinando le pantofole, gli ospiti deambulanti si radunarono nel salone per il rosario. Mi nascosi nella rientranza del muro. Ai piedi del Padre Pio benedicente coi mezzi guanti ardeva un tappeto di lumini. L'aria sapeva di borotalco misto a varechina. Mentre recitavano le Lauretane il cielo si incappellò. Dalle parti di Perugia rombava il tuono. La terra sputava il gran caldo che aveva assorbito, si stava apparecchiando un temporale coi fiocchi. Tornai da mia madre che, sempre a occhi chiusi, sussurrò: «Vai a casa dal canetto». Sapeva quanto entrambi temessimo il temporale. Leporì cominciava a tremare almeno venti minuti prima che si udissero i tuoni. Io staccavo tutte le prese elettriche. Spegnevo le luci. Poi ci nascondevamo insieme sotto il mio letto. Raffaella del temporale se ne infischiava, mangiava pane, burro e alici, guardava il telegiornale, si limava le unghie, affacciata sulla porta di casa, con un calice di prosecco in mano; sfidava gli elementi.

Non glielo lasciai ripetere due volte, alla prima me la svignai. Lungo il corridoio mi misi a correre. Fuggivo dalla cosa che occupava ormai tutto lo spazio, la stessa indecifrabile forza che mi aveva respinta per tutto il pomeriggio. Boccheggiavo. Ero impestata. A bordo della Micra provai un senso di sollievo: finalmente potevo respirare. Per un'oscura urgenza, quella sera mia madre doveva restare sola. Mentre armeggiavo con il cancello, scoppiò il temporale. Trovai il cane che tremolava come una fogliolina di salvia e subito andammo a rifugiarci sotto il letto, dove un bioccolo di polvere misto a capelli gli si incollò sul naso. Eravamo al sicuro. La pioggia sferzava la casa con cattiveria, la tramontana sibilava fra gli alberi, i rami dei pini scricchiolavano infradiciati fino al midollo. Le gronde scaricavano colonne d'acqua che rimbalzavano come arieti contro il muro della camera. Poi, da un momento all'altro, smise. Non sapevo cosa fare. Mi sedetti su una sedia in cucina, in attesa. Arrivarono così le venti, come sempre arrivano se si ha pazienza, e dopo un po' anche le venti e quindici. Le venti e quindici facevano da apripista alle venti e trenta. Alle venti e trenta mia madre mi chiedeva sempre: «Che ore sono?», mentre in tv passavano i titoli di testa del Tg2 e non poteva ignorare che ora fosse. Eppure, quella sera, non mi accorsi dell'ora. Avevo già acceso il televisore, togliendo l'audio, e non me ne ricordavo. Le immagini correvano sullo schermo. Tornai in cucina. Guardavo il frigorifero, e appena mi annoiavo spostavo lo sguardo sull'acquaio. Dal lavandino ritornavo a fissare il frigorifero; emetteva il consueto ronzio di sottofondo. Arrivarono così le ventuno, con tutti i loro minuti neonati e io li lasciai scivolare via, e quando passò l'ultimo non ci potevo credere, ma erano già le ventidue. L'ora di andare a letto, ma non riuscivo a muovermi dalla cucina per paura di fare un danno, di scombinare qualcosa.

Alle ventidue e trenta, mentre ancora me ne stavo ostinatamente seduta in cucina, giunse un richiamo della vita quotidiana: il cane era saltato sul letto e dopo il solito laborioso balletto sulle coltri si era acciambellato. Aspettai le ventidue e quarantacinque e poi per sicurezza le ventitré. Alle ventitré mi infilai la camicia da notte.

Il telefono squillò alle ventitré e quindici. Pioviccicava. Palpai il ricevitore come se fosse un oggetto sconosciuto, non sapevo come impugnarlo, sentii la voce dell'infermiera: «Rosa?». Tirai un respiro profondo. Lei, a voce bassissima, esordì: «La m...». Non le feci finire la frase: riattaccai. «Ricordati che sei u-na bambina tedesca». Tornai in cucina a fissare alternativamente il frigorifero e l'acquaio. Il cane dal letto migrò in poltrona. Girava su se stesso in tondo. Pestava gli zampini nella seduta. Si sincerava che non vi fosse celato un groviglio di aspidi con le bocche spalancate, linguette biforcute al vento. A mezzanotte cercai per tutta la casa le chiavi della Micra. Per fortuna ne tenevo una copia in una busta gialla, sigillata con lo scotch. Aprendola, mi si spezzò un'unghia. «Il cane si annoia».

L'acacia venne giù in un soffio. Dolcemente. Le fronde calarono sul parabrezza come un sipario vegetale color verde reseda. Il robusto tronco si allungava su tutta la larghezza della carreggiata. Non si passava nemmeno a piedi. Rimasi immobile a guardare le foglie, le mani sul volante nella posizione delle dieci e dieci. Dopo un tempo senza inizio né fine fui costretta a fare marcia indietro. Non riuscivo a ingranare la retromarcia, la macchina stolzava percossa dal gracchio acuto della frizione. Mi avventurai per certe stradacce di campagna fino a riprendere quella giusta. La provinciale, lustra di pioggia e punteggiata da un viscidume di foglie, era sempre la stessa. Adesso splendeva la luna. Percorsi la strada verso l'istituto guidando il più lentamente possibile, per non schiacciare i rospi che vagavano o sostavano perplessi sull'asfalto rinfrescato dal temporale. O forse per ritardare il momento in cui sarei scesa dalla macchina, avrei attraversato il corridoio, mi sarei affacciata sulla porta della stanza.

Avevano acceso tutti i neon, la luce era così cruda che feriva gli occhi. Mi pareva di assistere alla scena di un film. A un tratto mi colpì la pauperistica banalità della mobilia della stanza in cui avevo lasciato morire mia madre. Sullo squallido comodino di metallo, un bicchiere d'acqua ancora mezzo pieno era coperto da una patina: chissà da quante ore mia madre non si era più dissetata. A pochi centimetri la ricetta per due bombole nuove. E che tristezza la camicia da notte pulita, piegata insieme a un paio di calzetti di spugna e appoggiata sulla sedia, anch'essa di metallo. A destra, verso il muro, s'ergeva l'orrido scranno della comoda, attorniata dai suoi due valletti: le bombole.

Allora accadde qualcosa che non avrei creduto possibile: mi avventai sui bomboloni, come impazzita, prendendoli a calci, e quelli oscillavano sulle loro stupide ruotine mentre li spingevo verso la portafinestra. Uno si rovesciò sul fianco, come una bestia ebbra reduce da gozzoviglie: sembrava mezzo vuoto, mentre sul contatore dichiarava ancora quindicimila litri. Gli sferrai un'ennesima zampata con il massimo della violenza. Fuori, sul patio, il fulgore di una falce di luna incantava. Percepii i delicati profumi e le voci della campagna addormentata in una notte d'estate, ma durò poco. Qualunque gesto compissi non sfuggivo al pensiero che la mamma era morta. Gli occhialini li pestai sotto i piedi. Per la prima volta dopo undici mesi avevo rivisto mia madre senza quei tubi che le uscivano dal naso. L'infermiera, alta, sull'attenti vicino al comodino, piangeva con discrezione. Tentò di abbracciarmi. Mi sottrassi, non sono abituata alle effusioni. Poi, di botto, mi calmai.

Non c'era molto da fare se non comporre la salma. I morti vanno sempre lavati e vestiti. L'avrei fatto io, nel cuore della notte. Lei mi guardò sorpresa. I parenti non fanno certe cose, se ne occupano gli addetti delle pompe funebri. Non si può assolutamente custodire un morto da soli. Lei si offrì di aiutarmi. Mi mise in mano una spugna cilestrina. Lo girammo prima su un fianco, poi sull'altro. Lo sfregai con la spugna piano piano, a casaccio. Non la percepivo proprio morta, era tiepida e strana. L'infermiera, con mano esperta, le mise il pannolone; io incollai le linguette adesive sui lati del corpo. Tremavo dalla testa ai piedi. Durante la vestizione l'infermiera sorrideva, un po' commossa. Da aprile mi ero premurata di provvedere un adeguato corredo funebre: maglietta nera e gonna di seta a fiorellini. Gli abiti facevano allegria, evocavano la vita, una passeggiata, un cono gelato gusto caffè e crema. I piedi erano tanto gonfi che non entravano nelle scarpe, così le ballerine nere rimasero sul bordo del letto. Le avrebbero fatto compagnia, con discrezione. Ogni anno, mia madre, ai primi tepori primaverili, si toglieva le calze, non le metteva neanche più per uscire. Andava a Roma e si comprava un nuovo paio di ballerine, beige, marroni o nere, da uno scarparo a piazza Fontana di Trevi. Le indossava immediatamente, e a gambe nude andava a prendere il cono da Giolitti, vicino al Parlamento.

Verso le due l'infermiera uscì dalla stanza camminando all'indietro. Mi venne in mente il diciottesimo arcano maggiore: la Luna, ove campeggia un gamberone circondato da un sinistro laghetto. Ai margini di uno straducolo latrano due cani, uno bianco e l'altro nero. La scena è sovrastata dal beffardo faccione lunare: un profilo di donna con occhi azzurri e labbra rosse. Rimasi sola. Spensi i neon, lasciando accesa solo la lucetta sul comodino. La stanza aveva cambiato aspetto, non faceva più paura. Nella quiete profonda della notte, rotta da un lontano gracidare di ranocchie, mi misi a studiare il cadavere di mia madre. Vestita di tutto punto e distesa sul letto, era diversa da come l'avevo sempre vista. Se la fissavo in un punto qualsiasi, il petto, l'avambraccio o le gambe, a tratti mostrava impercettibili sussulti. Temevo che potesse ridestarsi. Forse non era proprio morta. Per sicurezza le infilai l'indice nel saturimetro: il display registrava zero. Pensai che fossero finite le batterie; allora provai con il mio dito: segnava novantanove su cento. Attesi un'altra mezz'ora, magari resuscitava, si accorgeva del pannolone e si arrabbiava con me. Era meglio vigilare. Poi spensi anche la luce sul comodino, e rimase solo la lucetta verde del saturimetro fissa sullo zero. La notte procedeva. Senza che me ne accorgessi, si fecero anche le quattro, per me era ora di tornare a casa. Il dolore mi gonfiava il cuore come un ascesso. La mamma era morta.

10

Guidai verso casa come ubriaca. La Micra zigzagava sulla striscia di mezzeria. Grandi e piccoli rospi erano disseminati sulla carreggiata; non ne schiacciai nemmeno uno. Sul sedile del passeggero un tovagliolo di carta proteggeva il petto di pollo impanato e fritto che mia madre aveva lasciato sul comodino perché lo portassi al cane. La casa, vista dall'esterno, aveva un aspetto accogliente. Lepe attendeva con la crestina di pelo sulla schiena, si era ingigantito per spaventare la Morte, ma la baldracca non l'aveva nemmeno preso in considerazione.

«Lepe, la Pupa è morta».

Lui mi guardò con espressione interrogativa, indi condolente. Si avviò in silenzio, codino fra le gambe, per un sopralluogo lento. Trottava rasente alle pareti, il naso puntato verso il soffitto. Abbassava di scatto la testa, odorava il battiscopa e sbuffava, guardava di nuovo in alto. Finché non ebbe percorso l'intero perimetro della casa non si fermò. Poi ricominciò la perlustrazione notturna. Con velocità crescente rifece più volte il giro delle stanze per sincerarsi che la

Pupa non sarebbe tornata mai più, evitando di entrare nella sua camera. Davanti ai sandali rossi abbandonati nella cabina armadio, gli stessi che mia madre aveva quando era scesa dal treno, si mise a ululare. Fuori albeggiava. Cominciava uno di quei giorni in cui ci pervade il senso di ciò che è irrimediabilmente accaduto. Il ricordo di quell'alba mi abiterà per sempre.

Mentre venivano celebrate le esequie, in quella stessa chiesa che era stata fino a pochi anni prima appannaggio atavico della mia famiglia, compresi gli arredi sacri, la maggioranza dei banchi in legno massello e le campane, il cane si ricoverò sotto il letto della mamma. La Quintilia, rimasta a presidiare la magione e l'orfano cane, recitò uno di seguito all'altro i misteri gaudiosi, dolorosi e gloriosi. Se provava ad avvicinarsi al letto, il cane ringhiava da sotto la rete ortopedica. Osservava il lutto stretto.

La chiesa dove Raffaella si è sposata con uno strascico di satin lungo cinque metri è semivuota. Si soffoca dal caldo. La maggioranza di quelli che avrebbero voluto partecipare è assente: sono tutti al mare a Montalto di Castro. La disidratazione mi esonera dal pianto. Di nascosto dai condolenti tracanno un chinotto in sagrestia. Dall'altare arringo i pochi astanti improvvisando un sermone ad memoriam. Nel tardo pomeriggio riguadagno la via di casa; la mamma invece resta nella cappella di famiglia. In casa si sta bene, è fresco, Lepe si ostina a giacere offeso sotto il letto materno. Cerco una fototessera decente della mamma. Frugare fra i suoi oggetti mi fa molto male, ma voglio far stampare dei cartoncini commemorativi da donare agli amici, in ricordo della mia povera Raffaella. La foto sarà corredata da alcune rime scelte di Rilke. All'imbrunire Leporì esce dal provvisorio rifugio, scava una galleria e stermina un nucleo familiare di talpe. Le minuscole salme ostentano una delicata pelliccia bruna: se giocassi con la Barbie cucirei insieme le pelli per farci un bolerino alla bambola. Invece sono una donna adulta, pertanto le seppellisco in silenzio. Prima di mia madre, sotterro le talpe. Il cane ci ignora. Raffaella era fissata con civette, rospi, pipistrelli e l'erba di San Giovanni. Ho sempre creduto che intrugliasse dei filtri magici con pelle di rospo e ali di pipistrello da somministrare a mio padre affinché non gridasse simile a pica, come soleva fare in ogni minima occasione di disagio coniugale, esasperato dal pungolo di mia madre. Le civette le teneva sul comò, fra mollette grondanti capelli, cipria, boccette di profumo e gli orecchini di alta bigiotteria comprati in calle Vallaresso nel 1971. Morta lei, ho ereditato i parafernalia cosmetici nonché il rango di strega. Infatti mi sono instregonita definitivamente. Era un mio diritto.

La tumulazione di mia madre avvenne all'alba, quasi di nascosto, alla bell'e meglio. Ero così esasperata che infilai un paio di short degni di una tredicenne che andasse in gita con la scuola a San Miniato o Sankt Moritz. Per far posto alla mamma fu esumata la bisnonna Piermattei, riemersa dall'oltretomba in forma di mummia rinseccolita, perfettamente conservata: calze, mutandoni, sottoveste, gonna, sottogonna, corpetto e scarpini con fibbia. Dalla bara, sfarinatasi a contatto con l'aria, baluginò la fede nuziale tempestata di minuscoli lacerti di pelle color tabacco. Il becchino, con fare cerimonioso, me la porse. La strofinai a lungo sui pantaloncini.

Il cane, eccitato dalla mummietta, voleva farne scempio, o almeno esplorarne il sacello. Era estasiato dagli effluvi che ne erano sortiti sotto forma di nuvolette polverose. Latrava a tutto andare, raspava il muro sottostante al loculo. Rovinavano pezzetti di intonaco. Il necroforo sternutì innervosito. Che il cane smettesse di uggiolare, ci poteva tradire. Nessuno doveva scoprire cosa stessimo facendo, perché per esumare i defunti ci vuole il nullaosta della polizia mortuaria. Il necroforo indossò guanti stile Mazinga, talmente rigidi e imbottiti che non riusciva a piegare le dita. Armeggiava dentro il loculo, imprecando sottovoce. A tratti squillava un cellulare con suoneria diversificata a seconda del chiamante: miagolio di gattino nato cieco o orgasmo femminile. Non voleva il cane fra i piedi. Leporì, per dispetto, gli pisciò sugli stivaloni di gomma senza che quello se ne avvedesse. In secundis orinò anche sulla lapide della bisnonna, la Piermattei, che l'operaio avrebbe portato dal marmista perché sul lato intonso ci incidessero il nome di mia madre.

Il cane seguì con occhio vigile tutte le manovre di smembramento dell'ava, destinata a essere traslata in un contenitore metallico omologato a uso cimiteriale. La bisnonna, così inscatolata, fu murata in un canto a destra del piccolo altare della cappella, ornato dalle foto dei congiunti. Finito il lavoro si era trasformata in uno scalino su cui appoggiare un vaso di gladioli o una kenzia. Mi ci sono seduta, era comodo. Leporì intanto braccava lucertoline e grilli. Non voleva andarsene. A metà mattinata due triste comari mi sorpresero mentre lo strattonavo. Alla vista del cagnolino recalcitrante, abbozzarono un mesto sorriso di circostanza:

«Ma guarda! 'sto canetto non vuole abbandonare la povera signora Raffaella! Era tanto bella! Era tanto buona!». E così dicendo rivolsero uno sguardo di urbana condolenza verso la cappella.

Altro che padrona morta: il cane voleva scompuzzolare i poveri resti della bisnonna.

Dopo la tumulazione io e il cane ci asserragliammo per quaranta giorni dentro casa. Sbarrai le imposte, ammassai cuscini e coperte sui davanzali interni. La quarantena fu la mia traversata del deserto, tentazioni comprese. Nelle religioni monoteiste quaranta giorni è il simbolo di un processo di purificazione, termine ultimo entro cui si rinasce, ovvero si torna a soccombere. Assistita da Lepe inzeppai le calzature della mamma in sacconi neri della spazzatura, cartoni delle banane, valigie, valigioni e valigette. Un esercito di sandali. La vista di tutte quelle scarpe era insostenibile. Per distrarmi prendevo un numero dell'«Illustrazione italiana» del 1893; ma il cane si accomodava sulla pagina aperta e non c'era verso di scacciarlo. Di notte, appena chiudevo gli occhi, mi aggrediva una moltitudine di facce ghignanti di spaventosi fantasmi; ne ricordo soprattutto uno che sembrava Baudelaire ubriaco, poi taluni poverini morti ammazzati che ho conosciuto di persona, i quali sembravano chiedere giustizia. Dormivo con la luce accesa. Lepe ogni tanto ringhiava nel buio pesto. Le solite mollette di strass con attaccati capelli di mia madre e caramelle di liquerizia extrastrong già ciucciate sbucavano dai cassetti, da sotto i tappetini della macchina, da stivali di gomma. I capelli imbottivano di soffice crine anche le borsette. Protetta da guanti di gomma gialla, mi sbarazzavo degli effetti personali di mia madre. Ci davo dentro con mani sudaticce, fra cespi di sottovesti, camicie da notte intorcinate, viluppi di calze velate color carne quindici denari con il tassello sul tallone, covoni di gonne, montagnette di maglioncini annodati. A un certo punto mi fiorirono ghirlande di vesciche nella piega fra indice e pollice. Sfilai i guanti e non li indossai mai più.

Il giorno di San Rocco partii in auto con l'intento di comperare mascarpone, formaggio che mi ha sempre stomacato: volevo il tiramisù! Mi destavo nel cuore nella notte mossa dall'impellenza ontologica di prepararlo. Ne ero ossessionata.

Nella penombra della cucina riempii pirofile-omaggio di una raccolta punti con strati di savoiardi e mascarpone annaffiandoli di caffè. Il cane leccò religiosamente le vaschette di plastica. Il pomeriggio del 19 agosto, dopo aver spazzolato tre porzioni di tiramisù, caricai il cane sulla Micra. Ci mettemmo in marcia verso l'aldilà.

Da giorni mia madre mi chiamava. Indicava la strada per andare da lei: l'accesso al mondo dei morti era il pozzo etrusco nel bosco della Bérenge. Non era indispensabile raggiungerlo fisicamente, bastava visualizzarlo con la forza del pensiero, un esercizio degno di Dion Fortune. Lei mi avrebbe risucchiato nel sottosuolo. Ci pensavo in continuazione. Avrei intrapreso un viaggio astrale, mi sarei ricongiunta con mia madre. Per me non c'era futuro: dove potevamo vivere io e il cane? Non certo sperduti nella campagna, ove della vita vera non giungono che vaghi echi, e quasi spenti, e se va bene ci si rimminchionisce bevendo l'ovetto fresco. Altri quindici giorni in quel cesso di romitorio polveroso a consumare il lutto e non avrei più avuto la forza di scappare. Che fine avrebbe fatto Leporì? L'unica possibilità che ci restava per non separarci era uno schianto con la fedele Micra contro una quercia centenaria. L'albero non era a bordo strada, bisognava slanciarsi verso di lui, volando per un breve tratto sospesi nell'aria, come i santi grossolanamente effigiati negli ex voto. Io e il canetto eravamo fermi, nella controra, col motore acceso davanti all'albero. Piangevo così tanto da non discernere il volante dal cambio, l'acceleratore dal freno; le lacrime impataccavano le lenti degli occhiali, mettendo fuori fuoco il mondo intero. Li toglievo e li asciugavo con una pezzetta di finto camoscio stampata con un motivo camouflage. Lepe si spidocchiava, contorcendosi su un fianco. Nel momento supremo in cui noi orfani ci saremmo dovuti congedare dal nostro vivere, sopraggiunse, fra ali di polvere, il motocarro, seguito dalla mototrebbia. Chiedevano strada. Un buzzurro con uno Stetson dalla tesa smangiucchiata si sbracciava. Gridava di accostare. Il cane si slanciò sul lunotto, digrignando i denti. Il cielo si oscurò al passaggio della mototrebbia, enorme, cigolante: «Un bello e orribile / mostro si sferra, / corre gli oceani, / corre la terra». Come il Golem, la mototrebbia calpesta qualsiasi essere o oggetto che le sbarri il passo.

Nell'*après-midi* ci barricammo nuovamente in casa. Preparai sei uova di maionese; gli albumi erano ingallati, per quanto mi ingegnassi non mi riuscì di togliere le ripugnanti sozzure ematiche. Donnole spadroneggiavano sul tetto di tegole portoghesi. Le civette avevano colonizzato un cipresso e per tutto il giorno e tutta la notte facevano chiù chiù chiù. Avevo i trigliceridi a seicento, sentivo odore di cripta pulverulenta anche in salotto. Il cane fu punto da un insetto, un enorme ponfo gli gonfiò il nasone. Visto di profilo sembrava una mucca. Furono i giorni dissennati del mucchino santo.

Mia madre era stata seppellita con il valore di un appartamento nelle fauci: ortodonzia di altissimo livello. Io non avevo più soldi. Non volevo restare nella casa, nulla mi legava a quei luoghi se non i lutti. Finché, inciampando in un cassetto del comodino che avevo appoggiato sul tappeto cinese, da sotto un groviglio di foulard imbevuti di Arpège spuntò una busta piena di banconote da centomila lire. Mia madre, infatti, era abituata a disseminare il contante nei cassetti del comò, in un guazzabuglio di indumenti talmente intricato da risultare impenetrabile a qualsiasi tipo di latrocinio paterno. Fui sollevata da quell'aiuto inaspettato proveniente dall'aldilà: mi sentivo protetta, come quando lei era ancora in vita. La sua filosofia esistenziale implicava una continua rimessa in circolo di banconote da cinquanta e centomila lire, soprattutto a mio beneficio. Raffaella si era vocata alla produzione frenetica di reddito tramite spieghe turistiche a gruppi di tedeschi, francesi, olandesi, americani e giapponesi sulla piazza del Duomo di Orvieto, ove teneva per loro mirabili concioni, in qualità di guida di ignavi pellegrini; il tutto con un polmone solo e dall'alto di tacchi che non furono mai inferiori all'otto. Era stata una psicopompa eccellente, capace di far rinascere le antichità archeologiche solo con il suo uso accorto e magniloquente del verbo. Il vile denaro guadagnato con le mance non era degno del suo reale interesse, e tuttavia, alla fine delle visite, mentre i clienti le tributavano una standing ovation degna di Gloria Gaynor, per assecondarne l'entusiasmo ella soleva offrire la borsetta aperta alle loro volontarie donazioni. «Ricordati che sei una bambina tedesca». Alla fine della sua giornata la borsetta risultava colma di dollari, marchi, yen e lire appallottolate, spesso in ottuplice plissettatura. Come una qualunque contabile di cassa rurale del frusinate, ero incaricata del computo. Una sera, nell'infilare la mano nella Vuitton, toccai qualcosa di viscido, e subito la ritirai: era piena di crema pasticcera. Fra i dollari, scoprii guardando meglio, giaceva mezzo spiacciato un bignè. Le sue pecorelle, infatti, insistevano sempre per offrirle qualcosa; lei in genere declinava, ma quando era costretta ad accettare occultava ciò che le veniva imposto nei meandri della borsa fra confezioni di caramelle, fazzoletti di cotone, rossetto, matita per gli occhi e cipria.

Acconsentiva, invece, con compiacenza a rilasciare autografi agli anglosassoni che l'avevano ammirata in *Good Morning Italia*, celeberrima serie della BBC genere *Italian for Dummies*, girata sul finire degli anni Settanta, in cui mia madre era stata la protagonista assoluta delle puntate girate ad Orvieto, il che l'aveva resa famosa al punto che taluni neozelandesi discesero i cinquantatré metri di profondità del Pozzo di San Patrizio per incontrarla.

Durante i mesi della sua agonia avevo elucubrato sulla possibilità di portare Lepe con me a Genova. A parte l'inospitalità dell'alloggio, una soffittina degna di Anna Frank dov'ero costretta a tenere la luce accesa anche di giorno, nelle immediate vicinanze imperversava una banda di pitbull. Bastava varcare il portone che da vico Casana sbucava una muta di cagnacci senza guinzaglio: capoccioni quadrati, mascelle pronte a dilaniare, occhi iniettati di sangue. A pochi metri da me, abitava un esemplare maschio di particolare ferocia, appartenente a un tossico mezzo matto che si addormentava sulle scale. Uno che se gli dicevi: «Per favore lega il cane», prima ti mandava affanculo, poi se gli girava poteva darti una puncicata con la siringa sporca di sangue su una mano. E comunque ero certa che, una volta usciti di casa, nemmeno l'agio di guardarsi attorno e una belva inferocita avrebbe sbranato prima Lepe e poi me. Fantasticavo così di munirmi di un trasportino per cani blindato e con quello portare Lepe a fare la pipì alla Foce, quartiere residenziale di placidi borghesi. A Genova incrociavo molossoidi in ogni dove; vedevo giganteschi leonberger presidiare ogni cantone. Lepe li avrebbe provocati, ed entro pochi giorni sarebbe stato vittima di un'aggressione mortale: non volevo assistere allo scempio del mio amato canetto. Non volevo più veder morire nessuno.

Entrò così in scena quella grandissima stronza che si prese il cane.

Comparve dal nulla, la benefattrice di provata affidabilità – le referenze erano fornite da mia sorella

Fran la bella – che avrebbe accolto Leporì nella lontana Milano. Lepe era partito proprio da quella città un giorno di tredici anni prima, nel trasportino celeste cielo, con annessa confezione di crocchette subito buttate nella spazzatura da mia madre. Era il suo cane. Ogni volta che si accoccolava sul divano nero nel punto in cui sedeva sempre mia madre a sfogliettare la «New York Review of Books», mi si riempivano gli occhi di lacrime. Lepe mi fissava con uno sguardo tenero ma inquieto, in cui percepivo la domanda inespressa sulla sorte della Pupa. Io non me la sentivo di vivere con lui. Questo faceva di me un essere vile, egoista e immorale?

Tra me e la benefattrice cominciarono lunghe e rassicuranti telefonate. La data dell'addio fu fissata per l'8 settembre, Natività della Beata Vergine Maria nonché ricorrenza della badogliana proclamazione degli accordi di Cassibile. La Madonna ci avrebbe protetto con il suo mantello azzurro; forse anche il generale Montgomery. Ma non riuscivo più a guardare Leporì. Mi vergognavo. Mi nascosi come un vermetto sotto un sasso, finché non giunse il giorno di condurre il cane a Levanto, stazione balneare a me fino a quel momento ignota, ma blandamente familiare a causa dei miei innumerevoli transiti a bordo di purulenti interregionali. Tuttavia, un conto è vedere un paese da un treno, altra cosa è scendere sulla banchina, superare il bar buffet e l'edicola, fare pochi passi con il tuo canetto che scodinzola e orina sugli spigoli delle fioriere, incontrare una sconosciuta, allungare il braccio, porgerle il guinzaglio e vedere il tuo cane incamminarsi verso il parcheggio. Non si girò neanche indietro. Sparito per sempre. Solo a Levanto l'atto di morte di mia madre fu redatto in modo definitivo. In attesa del treno che mi avrebbe portato a Genova, piangevo come le fontane di Tivoli. La gente mi guardava con aria compassionevole. Il duolo si protrasse fino a Natale. Tutte le sere alle diciannove e trenta in punto rivivevo la scena dell'addio.

Leporì è ormai morto da anni, ma io in certi momenti sento il marchio dell'infamia, provo un senso di vergogna che brucia e non si consuma mai. C'è una scena nel film *I figli di nessuno* in cui la pettoruta Yvonne Sanson si aggrappa alla cancellata di una villa dove cresce negli agi il suo figliolino, frutto di una relazione clandestina con il marchese Amedeo Nazzari. Il piccolo le è stato strappato per volere della suocera, una carampana con l'occhialino, pettinata e cotonata come Marisa Laurito. La Sanson, sempre piagnucolante, si deve accontentare di guatare suo figlio di nascosto, come una ladra. Avvinghiata alle sbarre, spia gli innocenti ludi del bimbo felice. Sgrana gli occhi, con la stessa espressione immota assunta quando il Nazzari la bacia prima di possederla. Il bambino non si cura di lei finché non irrompe un perfido giardiniere armato di ramazza che allontana la povera donna al grido di: «Cocotte!». Il piccolo, distolto dalla caciara, abbandona i suoi giochi e incontra così per la prima volta lo sguardo della donna, che non riconosce come sua genitrice. Abbigliato da marchesino, la vede allontanarsi zoppicando. La disprezza. Il piccolo è incarognito e altero come la nonna. Sfoggia un cravattino che nervosamente tormenta con le dita.

Durante l'esilio milanese di Lepe, ogni volta che quella telefonava mi sentivo come la Sanson. I primi tempi l'affidataria chiamava sommergendomi di liete novelle. Lepe stava bene. Era andato in montagna a sciare per il ponte dell'Immacolata, ai mercatini di Natale in Alto Adige, in gita a San Gimignano e a Volterra per Pasqua. Con l'arrivo della bella stagione il cane traslocava al mare: prima in Riviera per i fine settimana, indi in Sardegna. Ad agosto si spostava in Val d'Aosta per sfuggire l'afa cittadina e l'affollamento balneare. A settembre c'erano le terme di Ischia. Ascoltando le cronache di tutti quei giri, mi prendeva una gran tristezza. Il cane se la passava meglio di me? Quella, per educazione, mi chiedeva se lo volevo incontrare; io gridavo esasperata: «No!». Se l'avessi rivisto me lo sarei portato via con me. Mi bastava sapere che Lepe viveva. Le avevo mentito sull'età. Per lei Lepe aveva solo dieci anni.

Dalle prime cerimoniose telefonate passammo subito ad alterchi grandguignoleschi. Il cane era indisciplinato, si accampava sui letti, faceva i cavoli suoi e l'aveva morsa sull'avambraccio. Dopo circa un anno dall'incontro di Levanto, quella telefonò annunciando con tono minaccioso che il cane aveva un tumore e, naturalmente, la colpa era soltanto mia. Ma non poteva essersi ammalato perché da lei costretto a fare tutti quei giri viziosi? O forse perché era morta la sua padrona? O perché era vecchietto? No! La spiegazione risiedeva in qualche mia vergognosa negligenza. Mentre Lepe veniva deportato in quelle insipide mete mondane, e sviluppava un tumore maligno, io piangevo quotidianamente al calare delle tenebre. Mia madre era stata divorata dalle larve. Sognavo le sue spoglie mortali in via di decomposizione; lombrichi rosei e immondi esibivano i loro gommosi anelli fuori dalle sue orbite, ormai diventate balconi per quelle miserabili forme di vita del sottosuolo. La carne marcescente, le ossa affioranti dalla pelle squarciata.

Nell'aprile del 2006, mentre da terre morte si generavano intrepidi lillà, quella telefonò gridando che Lepe era volato in cielo. La colpa era ancora una volta soltanto mia. Lei comunque l'aveva già fatto cremare da una ditta specializzata. Delle ceneri ignoro tutto. Non esiste una tomba, solo il fantasmagorico cenotafio del mio cuore. L'esclusione dalle esequie e la distruzione della piccola e cara salma mi fecero rivivere il lutto per la mamma. Pensai: «Brutta bastarda, ti faccio vedere io. D'ora in poi Lepe vivrà per sempre ben oltre il mio cuore».

11

Nel periodo che segue un lutto risulta più facile ricordare gli accidenti, i *tableaux vivants* ospedalieri, le mortificazioni subìte dal defunto prima della dipartita, certi squallidi dettagli corporali e la frustrazione per non poterlo soccorrere, piuttosto che gli attimi di felicità, i sorrisi strappati al Fato una volta scaduti quelli che mi apparvero, durante il ricovero orvietano, come tempi supplementari. Oggi la mia memoria è più intricata del gomitolo di lana riciclata con la quale, ai tempi dello scandalo Watergate, Raffaella aveva sferruzzato un cardigan rosa antico di compiuta bruttezza. Il filo di lana è arricciolato, a tratti spezzato; va riannodato con pazienza. Per quanto mi applichi, non trovo nessuna immagine dignitosa che mi restituisca mia madre e Leporì nel fulgore di un amore canino destinato a non finire mai. Mi sovvengono unicamente brandelli di scene grottesche, dolorose e ridicole. Ricordo, per esempio, di quando mia madre, poco prima di ammalarsi, si intignò a pisciare dietro una curva, proprio in mezzo alla strada, ancorché campestre pur sempre carrozzabile, nei pressi del bosco della Bérenge. E Leporì che osservava incuriosito la scena, girando il capoccino per meglio seguire il getto, indi orinava a sua volta con fare dittatoriale sulla pozzetta generata da mia madre. Che alla fine somigliava alla cartina geografica del Meridione d'Italia, e vi si intravedeva perfino uno spicchio di Malta. Eravamo a poche centinaia di passi da casa. Perché la mamma doveva mostrare le chiappe flaccide, rischiare di essere travolta dal van del pecoraro che transitava più volte al giorno gremito di belanti ovini, infischiandosene della parca segnaletica? O quell'altra volta in cui lei e Lepe erano rincasati mentre già annottava e la campagna appariva lugubre teatro per scorribande di istrici, e non era né luogo né tempo perché una signora di alto lignaggio vagabondasse con un furioso canetto inglese al guinzaglio. Mia madre si era fatta un taglio profondo sul ginocchio da cui sgocciolava sangue; il cane, vicino ai cassonetti dell'immondizia, l'aveva fatta cadere su un collo di bottiglia. Raffaella si medicò sommariamente, giusto una sciacquata con la spugnetta da cucina, bendò il ginocchio tumefatto con un moccichino di batista e, come se nulla fosse, prese a sorseggiare champagne sul divano mentre il cane, con la maestria di un tagliatore di diamanti, leccava ieratico ogni traccia di perdita ematica. La nettava così minuziosamente che ci sarebbe voluto il luminol per dimostrare che la signora si era ferita con un vetro. Avrei voluto sbattere Lepe contro il muro. C'era qualcosa di sensuale nel leccamento, che mi turbava; non ero scandalizzata ma gelosa. A mia madre non fregava niente, forse le garbava, sicuramente non la infastidiva, anche se la lingua del cane è più rasposa della pietra pomice. Era abituata a ricevere simili omaggi, fra complimenti e atti di reverente sottomissione. Per tutta la vita era stata corteggiata, adorata come la dea della bellezza su un trono ambulante. A me bastava ammirarla e mi si riempiva il cuore di gioia. Il cane aveva pretese più materiali. Ma quello era cane, e i cani, si sa, sono fatti così.

Quando Leporì fu esiliato nel Nord Italia e io tornai a vivere a Genova, una volta al mese partivo in treno da Principe per fare visita alla gatta e quindi errare in mezzo alla campagna divorata dalla nostalgia per il mio cane. L'intercity era sempre in ritardo, ovvero, quand'anche fosse arrivato a Genova in orario, accumulava ritardo durante il tragitto successivo. A Firenze Santa Maria Novella perdevo immancabilmente la coincidenza, così mi toccava il regionale che ferma anche a Montevarchi-Terranuova. La fedele Micra attendeva al parcheggione di Orvieto. Il parabrezza era sempre offuscato e ingrigito, con tutta evidenza durante la mia assenza aveva piovuto sabbia; lo ripulivo con una lurida pezzetta. Non avevo più l'urgenza di scapicollarmi a casa, il cane ormai si era trasferito. La magione era offesa con me per essere stata abbandonata. La Disabitata pretendeva di essere onorata, ci volevano gran forza d'animo, nervi saldi e cuore puro per riprenderne possesso. Appena aprivo il cancello del giardino per andare a passeggiare, il meteo si accaniva con abbondanti precipitazioni sparse o impenetrabili nebbie. Ogni volta era più doloroso, faticoso e inutile. Dopo pochi minuti dal mio arrivo, la Bérenge, gnaolando, si presentava a rapporto. Sebbene affaccendata in qualche suo business nel segreto della boscaglia, appena riconosceva il rombo della Micra, lesta la gattina abbandonava i suoi affari e galoppava a coda dritta fino a casa. Ho sempre pensato che si nutrisse di ignari viandanti rovinati in una buca da lei scavata con gli unghini e indi segregati in una spelonca. Vero è che in quelle lande della malora a pedagna non passava mai nessu-

149

no. Ci transitavo solo io. Ogni volta mi stupivo di ritrovarla viva, la Bérenge, perché era vecchietta pure lei, e viveva alla macchia tutta sola, come un brigante povero, ma senza l'indispensabile schioppo, il tascapane, la coperta e un paio di stivali di gomma per la pioggia. Appena mi vedeva reclamava cibo, ma a quei tempi in cucina non c'era più nulla di edibile. Esaurita la santabarbara di Simmenthal che mia madre non aveva fatto in tempo a consumare, si accontentava di pan secco rinvenuto nel latte uht scaduto. Una volta le ho ammannito della crusca stantia sbriciolata nell'acqua di rubinetto.

Appena mi riprendevo dal travaglio del viaggio e dall'inospitalità della magione incattivita, ripartivo con la Micra per portarmi in un fatiscente discount. Al Tudor, così incongruamente si chiamava, si aggiravano anziane coppie di ex contadini arricchiti, che berciavano lungo le corsie come se fossero stati in mezzo ai campi di grano nel pieno della mietitura. Obnubilati dall'opulenza di merci ordinate in schiere sfavillanti, i villici perdevano ogni minimo ritegno e facevano incetta di creme spalmabili al gusto gianduia, confezioni di fiocchi di patate per purè istantaneo, fonfi panini per hamburger a base di grassi vegetali idrogenati, cotolette di pesce spada equatoriale impanate e tinture acriliche per capelli. Io compravo le crocchette e, vittima del senso di colpa, anche spezzatini brodosi al gusto anatra, manzo, coniglio e mix di carni altamente selezionate per gatti. Per tutta la durata del mio triste soggiorno campagnolo, la Bérenge mi assisteva come portiera di giorno e di notte. Montava la guardia sullo zerbino di cocco semicircolare. Ragione per cui da allora fu sempre per me Madame la Concierge. A tratti lanciava un miagolio più stridulo del theremin. Ogni volta mi si accapponava la pelle degli avambracci. Tossiva e scaracchiava, come avesse una bronchite cronica. Ma

150

non espettorava niente di visibile a occhio nudo. Non l'ho mai sfiorata, temevo mi azzannasse. Lei invece mi lambiva con il codone a piumino sugli stinchi e mi avvolgeva nelle sue spire pizzicose. In tale frangente sentimentale emetteva un lugubre gnaolio che risaliva dai primordi del genere umano: era la voce dei gatti che viaggiarono a bordo dell'Arca naufragata sul monte Ararat.

Nelle lunghe serate di fine ottobre solevo intrattenermi in compagnia di una cimice. Guardavo fisso il camino, ove ardevano dei cioccacci, ipnotizzata dalle lingue di fuoco. Come ciascun sa, con l'approssimarsi dell'autunno le cimici mutano la livrea estiva da verde a bigio. Indi muoiono. Nessuno si preoccupa della loro sorte, né le veglia, né porge loro l'estremo saluto. Non hanno una cappella di famiglia. Eppure hanno vissuto. Non ho mai saputo se quando nascono di colore verde puzzino, ma posso affermare che da bigie, se vengono schiacciate, olezzano oscenamente di peto di balena. Trascorrevo il tempo a rimirare il fuoco nel caminetto, come inebetita, forse intossicata dalle esalazioni. La faccia mi avvampava. La cimice mi faceva compagnia con encomiabile discrezione. La poverina doveva essere giunta a casa a bordo di un tronchetto. Stava acquartierata in un angolo prossimo a certi libroni antichi foderati di pellame squamato e sbriciolato; ogni tanto si librava in volo con un ronzio di rotore cheratinoso. Per quanto brutta e fetente, era un'amica, la minuscola compagna nella casa disabitata. La Bérenge non la facevo entrare. Era un'abitatrice dei boschi, screanzata, non adusa all'arredamento. Temevo che una volta in soggiorno, accecata dall'argenteria di seconda scelta, intimidita dalle teorie di comò e atterrita dai tappeti, insomma in mezzo a tutto quel signorile lusso, mi cavasse gli occhi.

I giorni trascorrevano, sempre più corti, prosciugati dall'avanzare dell'autunno; la vite americana infiammava la facciata della casa, la Bérenge si piazzava fuori dalla porta come un piantone, o faceva la ronda, la cimicetta agonizzava vicino al camino e ormai non spiccava più voli. Nemmeno ci provava, a decollare; rassegnata, attendeva la fine con estrema dignità. Era una signora cimice. Avrei voluto nutrirla, ma non sapevo con che cosa. Chissà, forse avrebbe gradito delle mosche, ma erano già tutte stecchite. Magari le garbavano i ragni, ma non ne ero certa. Le avrei apparecchiato un minuscolo desco con le posate delle Barbie: un piattino, un bicchierino, anche il tovagliolino di lino per nettarsi i labbruzzi. Avrei decorato la tavola con le pedine del monopoli: fiasco, pianta grassa, casina. Un tocco di classe. Nel frattempo, la cimice digiunava al pari di me, come le monache di quei conventi di clausura arroccati sugli Appennini, le quali, anemiche e disidratate, deperiscono tanto da essere costrette al ricovero in limitrofe strutture ospedaliere convenzionate con la Asl di appartenenza. La cimicetta attendeva la morte, era prostrata, certamente sentiva che stava per andarsene.

Uno squallido pomeriggio, mentre mi affannavo con certi pezzi di legno irti di schegge, l'acciaccai per sbaglio con un tacco. Fece crunch, come quando si morde un wafer. Poi sprigionò il suo criminoso fetore. In preda al cordoglio, sollevai il cadaverino con la «Settimana Enigmistica» e lo frullai fuori dalla porta. Tornasse alla terra! Con un guizzo, Madame la Concierge se la pappò. Quel giorno decisi di vendere la casa.

12

Il lungo piano sequenza del terzo occhio mistico inquadra la signora Sciarpa Arcobaleno. Mani sui fianchi, gambe larghe. Con mosse accorte s'aggiusta la bandiera intorno al collo per sottolineare che abbiamo già perso il suo favore e mai potremo ambire alla sua intima confidenza. Tutti i presenti, me compresa, hanno creduto di essere stati i protagonisti di quanto è avvenuto, quando lei, strofinandosi le mani come chi voglia riscaldarle, fa intendere di essere la sola a sapere in che commedia umana abbiamo creduto di recitare e quali le conseguenze che ci minacciano. Tutti vorrebbero essere ricompensati per la buona volontà e l'impegno con cui hanno partecipato alla sgangherata rappresentazione. La controfigura della Figlia giace arrovesciata su un fianco. Riversa sul pavimento di graniglia morbillato di tessere bianche, giallo melma e nero, sembra un manichino fuorimoda destinato ad essere buttato via. L'unto Wok dal codino topesco, ormai stracco e voglioso di concludere l'estenuante gimkana, arrischia l'ultima, cruciale domanda:

«Come sta la Figlia?». Lei non reagisce. La frase aleggia sul cerchio di sedie. Non si dissolve. Imperterrita, rimane sospesa nell'aria. Muta e ostile, attende l'unica risposta possibile. Wok ansima e sta per ripetere la formula. La signora Sciarpa Arcobaleno, balzando come una cavalletta, lo affronta stuzzicandogli il ginocchio con la punta dello scarponcino:

«Guarda che cosa succede adesso».

Lui la fissa inebetito, ossia con l'espressione a lui più confacente. Strizza le labbra, sorride benché un fugace lampo di preoccupazione gli illumini lo sguardo già spento.

La Madre intanto si è già allontanata dal quel mollacchione e ha ripreso la sua aria supponente.

«Andate a divertirvi!» intima con un tono che non prevede replica, rivolta sia ai costellanti imbambolati nel cerchio, sia agli altri che siedono compostamente, a malapena distinguibili da una sdrucita tappezzeria floreale di gusto vittoriano. «Via, via! Fuori di qui, tutti!» incalza.

Gli astanti, Renato Wok incluso, si attruppano sul pianerottolo come stolte e colorate galline padovane. Faccio per alzarmi anch'io, ma lei mi blocca:

«Tu rimani dentro». E nel dirlo mi stringe forte l'avambraccio con un gesto che viene per me da molto lontano.

Mi premo i pugni sulle orecchie e tento di canticchiare tra me e me la filastrocca della bimba Heidi, per impedire alla sua voce di trafiggermi il cuore. Vorrei fuggire, ma gli arti inferiori sono gravidi e i piedi si sono trasformati in purè di patate. Ricado sulla sedia impagliata da cucina rustica, incasso il collo nelle spalle e mi mordo il labbro inferiore. «Ricordati che sei una bambina tedesca». Grazie alla presa di quella mano si è palesata l'immagine della remota marina. I particolari si sono svelati nitidi: palmizi, tramonto, sciabordio della risacca. La bimba-scimmietta, dismessa l'aria belluina del primo incontro, placida è tornata in riva al mare. Adesso porta un vestitino di batista lavorato a nido d'ape, ha i capelli ben pettinati con la riga da una parte fermati da una mollettina, le guance soffuse di candore. Mi sorride, disegna ghirigori sull'arenile con un bastoncino. A pochi passi da lei, freneticamente intenta a scavare una buca, c'è sempre la piccola sagoma. Fra spruzzi di salino e folate di sabbia fine, stavolta lo riconosco: è Leporì, il mio cagnolino santo. Cane e bambina immersi in un'atmosfera di ineffabile serenità mi ignorano, godono di ottima salute, giocano sulla battigia. Sono sopravvissuti. Si sono salvati.

È il momento di ricongiungermi a mia madre. Sono incolume, sono viva. Avanzo verso di lei, con il cuore invaso di dolcezza e amore. Il canetto mi segue al piccolo trotto. Stringe qualcosa fra i denti con il sussiego che hanno i cani nel trasportare una bottiglietta d'acqua vuota o una ciabatta. Depone ai suoi piedi il misterioso dono: è una vecchia fotografia in cui è ritratta una donna. Rigato da granelli di sabbia e inzuppato di salmastro, ma ben nitido, scorgo un viso antico e, pur non avendolo mai visto, lo riconosco: è la Frò, l'istitutrice tedesca della mamma.

Appena finita la guerra, mia madre, con un cappotto ricavato da un plaid dal famoso sarto orvietano Carini, era andata a cercare la sua governante fra le macerie di Monaco di Baviera, con la speranza che la donna fosse scampata alle devastazioni. Suo unico recapito era quello di un convento di suore, con annesso *béguinage*, nella periferia est della città. Ma per quanto abbia vagato, pregato e desiderato di ritrovarla in vita, dell'istitutrice non rinvenne alcuna traccia. Era dispersa. Probabilmente fu durante il faticoso viaggio in Germania che Raffaella contrasse la tbc, per cui nel 1948 fu sottoposta, a Torino, alla prima operazione di toracoplastica mai effettuata in Italia.

155

Si ricoverò in clinica indossando il medesimo paletot con cui era andata in Germania. Sopravvisse con un solo polmone e mutilata di sette costole. La Frò era stata il suo grande amore di bambina marciatrice. Mai si poté rassegnare alla perdita. Tanto che ancora alla fine degli anni Sessanta aveva cercato di avere sue notizie attraverso un sedicente imprenditore tedesco, più verosimilmente un agente della Stasi, da lei conosciuto sulla scalinata di piazza di Spagna. Nella vecchia foto in bianco e nero, un paio di occhialini tondi di metallo lasciavano intuire lo sguardo indecifrabile di un visetto appuntito e malinconico su cui beffardo era dipinto un sorriso. Capelli finissimi striati di grigio, tagliati sotto le orecchie, riga da una parte fermata da una molletta. Aveva un golfino scuro e un gonnacchione bigio, la Frò. Calze spesse di cotone e scarpe senza tacco con il cinturino alla caviglia. Sulla spalla destra dormiva con il capino ciondoloni la civettina addomesticata, che di nome si chiamava Paula.

Chi è la sconosciuta che ha rappresentato mia madre? Somiglia davvero a lei? Certamente no. Quella che ha impersonato mia madre è una fra le tante. Una di quelle madri che si è ingegnata per provvedere al bene di sua figlia, ha fatto il possibile per mostrarsi all'altezza del mandato di nutrirla, vezzeggiarla e instradarla verso un italico, muliebre destino, perché niente sembra mai troppo per i propri cuccioli. Una madre consapevole che nella vita non si conquista mai niente senza una contropartita, soprattutto quando si tratta di figli. Una madre nel cui cervello si è insinuata la ferale domanda: che senso ha donare la vita? Forse che l'amore discende dall'atto del generare? Una madre può pretendere che il suo amore sia ricambiato dai figli nella stessa misura? Qual è il contrario dell'atavica impostura? Forse l'amore sincero non lega con la trasmissione genetica? Non si ama forse solo chi si sceglie con il libero arbitrio dei

senzienti e non il frutto di un maldestro accoppia-
mento giovanile? Di tali domande e di molte altre,
inosate, è costellata la volta celeste della sua vita di
donna. Eppure ha resistito indomita e prosegue il
corso del suo tempo terreno, sorridendo ad onta delle preoccupazioni, dei dubbi e dei quesiti della Sfin-
ge, che la divoravano. Una madre che per tutta la vita, di fronte alle bastonate a cui infallibilmente sarà
esposta la figlia, proverà uno strano brivido, smania,
paura e fierezza insieme, come di un furioso raspare
notturno alla sua porta. E le apparirà l'archetipo del
Male: l'uomo nero che da un momento all'altro può
venirsela a prendere, la figlia.
    Non è quella la mia mamma. Non la voglio una
madre così.

Raffaella non aveva mai smesso di fantasticare sul
ritorno della Fräulein, anche quando l'ipotesi che
fosse morta sotto i bombardamenti a Monaco di Baviera divenne certezza. Ma sin dall'estate del '39,
quando l'istitutrice era tornata in Baviera per una breve vacanza in un convento di suore, alla notizia dello
scoppio della guerra, la nonna Maria aveva intuito
che la Fräulein non avrebbe lasciato il suo paese, e
aveva ripreso la figlia sotto la propria ala, nel contempo venefica e amorevole. Raffaella era un'adole-
scente disperata per la perdita della sua mamma bavarese, e si ostinava a parlarne la lingua, oscura ai familiari, come recitando un mantra. «Ricordati che
sei una bambina tedesca». Nonna Maria si ostinava
nel tentativo di compensare la perdita con una forma di alimentazione forzosa a base di crostini al burro e alici, salama da sugo con purea finissima, cap-
pelletti e crostate di visciole. Finché mia madre non
diventò grassa come Boule de suif, bianca e rosea,
ma bacata dentro. Il vero lutto si concretizzava nella

157

struggente nostalgia delle merende con la tedesca: un ovetto di crema pasticcera spolverata di cacao magro, budino di semolino con uvetta ammollata nel brandy, Palatschinken con marmellata di albicocca. Fu allora che mia madre si convinse che il cibo non poteva sostituire l'amore? E per questo è stata renitente a nutrirmi di cibo terreno?

Fu paradossalmente felice quando, dopo l'8 settembre del '43, una compagnia della Wehrmacht si acquartierò nella villa. Lei conversava garrula nella sua «lingua salvata» con il capitano Arno. Un giorno tuttavia giunse la terribile notizia: Settimio, uno dei fittavoli del nonno, era stato arrestato per violazione del coprifuoco. Sarebbe stato fucilato entro la mezzanotte. «Ricordati che sei una bambina tedesca». E mia madre decise di intercedere. Si fece coraggio, entrò in quella che era diventata ormai la sala da pranzo della Kommandantur, guardò negli occhi il capitano Arno e lo invitò a seguirla nello studio. Gli altri ufficiali la fissarono sogghignando. Arno si alzò. Ma lei non si fermò nello studio del nonno, e lo guidò attraverso corridoi e scale fino alla camera della Frò, dove giacevano ancora oggetti appartenuti alla governante, i suoi feticci d'amore: un paio di occhiali, un ferro da ricci e strane mollettine per capelli. La paura le faceva tremare le ginocchia. Lui la guardò impassibile. Lei si aggiustò le trecce. Il Tempo si raggelò in un cristallo che rifrangeva i soli esiti possibili: Vita o Morte. «Che cosa desidera, signorina?» chiese Arno portandosi alle labbra una sigaretta. Mia madre trovò la forza di presentargli in una perfetta sintassi germanica la domanda di grazia: gli spiegò che Settimio, uno dei più fedeli contadini del nonno, era notoriamente dedito al vizio del vino e se si era aggirato per le campagne in orari impropri era stato solo per soddisfare una incoercibile sete notturna. In realtà, mia madre sapeva benissimo che lì, nella camera da letto della nurse, stava rischiando grosso: Settimio era un fiancheggiatore dei partigiani, e probabilmente la notte in cui l'avevano beccato stava girovagando per le vigne in attesa di segnalare possibili aree di lancio per i piloti della Raf che rifornivano le linee di resistenza interna. Arno rispose freddamente che la passione per il vino non era una scusa sufficiente a sospendere la condanna. Anzi si configurava come un'aggravante. E comunque non aveva tempo da perdere con simili sciocchezze. Però rimase seduto nella stanza. Tirò fuori un prezioso accendino dorato istoriato con l'aquila della Wehrmacht. In quel momento, folgorata da Lilith, mia madre capì che doveva giocare la sua ultima carta. Lo fissò intensamente, ricorrendo per la prima volta nella sua vita di ragazza a quello sguardo seduttivo che l'avrebbe resa celebre ben al di là dei confini della Tuscia e della Ciociaria. La sigaretta cadde dalle labbra del capitano rovinando sul tappeto, e l'acciaio dei suoi occhi si stemperò nelle profondità lacustri di una mitologia erotica nibelungica. Nessuno dei due pronunciò più una sola parola. Tutto era già accaduto.

La signora Sciarpa Arcobaleno mi stringe a sé. Chi sono veramente io davanti alla donna che per un pomeriggio ha impersonato mia madre? Una figlia intimidita e confusa, con l'anima scorticata ma già ricoperta di sottile garza profumata, perché la madre che mi è stata restituita dalla Costellazione è più vera e sincera dell'infeltrito ricordo che mi portavo nell'anima, falsato dai miei atavici, incancreniti risentimenti. Come ho potuto per tanto tempo credermi defraudata solo dal fatto che mia madre non mi abbia mai cucinato la minestrina con un formaggino dentro? Per quante delusioni abbia mai patito a causa di una figura materna molto diversa dall'archetipo socialmente accettato, per le merende che non ho mai ricevuto insieme ai baci della mamma, e nonostante la solitudine della mia fanciullezza disagiata, in verità non sono mai stata privata di niente: perché nella mia famiglia c'era l'amore. Mi è stato concesso di vivere e combattere a fianco di mia madre. L'ignota signora mi ha dimostrato semplicemente stando in piedi all'interno di un cerchio di sedie, e solo grazie al potere della Costellazione, come il bene più prezioso di tutta la mia vita, che ancora pretendevo con arroganza di ottenere, l'avessi già ricevuto senza saperlo. Di fronte a quella donna sconosciuta che per un solo pomeriggio è stata mia madre e che non rivedrò mai più, finalmente capisco quanto io sia stata arrogante, e quanto la mia vita appaia desolata senza di lei. L'amore non è un *hortus conclusus*, è un *opus incertum*, non è circolare, ha linee di fuga in cui ci ritroveremo. Si apre un cuore. Ti lascio andare dove sei tu.

Mia madre aveva occhi azzurri, labbra color ciliegia, capelli castani.

L'immagine di mia madre torna, restituita alla sua primitiva bellezza da un sapiente maquillage realizzato nell'oltretomba. Polvere di sughero bruciato è rimmel sulle ciglia. Petali di primule sbriciolati ombreggiano le palpebre, con sfumature di bianco verso l'interno dell'occhio, ottenute con un poco di gesso. Contro l'effetto-teschio del naso ormai spolpato sono stati usati zeppetti di legno di nocciòlo, ricoperti con foglia di castagno, robusta ma flessibile. Le labbra sono state rifatte con radici di cicoria, colorate con chicchi di melagrana, et voilà, la mamma ha nuovamente la sua bocca. La pelle del volto già divorata dalle larve è rimpiazzata da grossi petali di magnolia appena sbocciata, lisci ed eburnei. Due gocce di rapa rossa hanno rinsanguato le gote puntellate da gusci d'uovo e sottolineato gli zigomi. I capelli hanno resistito alle ingiurie del loculo; sono i medesimi che non si districavano dalle mollette di strass. Il lungo decubito li ha schiacciati sulla nuca, rendendoli simili a una omelette villosa; nel segreto della bara si sono impolverati, ma con una sola spazzolata le chiome sono tornate vaporose a incorniciare un viso sorridente.

Mia madre non ha più i gamboni enfiati, piedi crepati dalle ragadi, iridi scolorite, la perenne smorfia di dolore sulle labbra, la pelle flaccida e smorta. Non è più smerdolata, non deve più farla sulla comoda. Non è più obbligata ad infilare l'indice della destra nel cappuccetto del saturimetro; ormai di ossigeno ne ha quanto ne vuole, non lo deve più mendicare alla Asl di competenza. Può inspirare a piacimento e se le viene l'uzzolo può anche tapparsi il naso e trattenere il fiato, anche per un minuto, forse un minuto e venti. Ormai dispone di tanto di quell'ossigeno che può donarlo ai bisognosi. Mia madre torna dentro il suono e la dolcezza di uno scacciaspiriti agitato dal vento. Penetra dalla finestra socchiusa sulla piazza, che tale non è per forma e dimensioni, ma ci ostiniamo a chiamarla così. La riconosco dentro una goccia d'acqua piovana, riassunto di un viaggio deliziosamente lungo, fino a prova contraria. Torna dall'aldilà con il sorriso smagliante dei diciotto anni e gli incisivi di puro smalto più lunghi degli altri denti, le trecce biondo scuro: è la dea della giovinezza. Tale e quale a Biancaneve di Walt Disney, compresa la simbologia esoterica. Porta sottobraccio i quaderni di quel Malte Laurids Brigge che nella foto da lei custodita in un cassetto del comò, assieme agli orecchini, pare un totano antropomorfo. Sulla spalla destra, la piccola civetta addomesticata dalla Frò. Torna in libertà dopo essere stata prigioniera dell'armadio piccolo della camera da letto, da cui menava colpi: un tonfo per il sì, due per il no, mentre io scrivevo; ogni quindici minuti dovevo farle una domanda, chiedere una dispensa, ottenere un benestare, evitare un rimbrotto. In sottofondo, lontano lontano, se trattenevo il respiro si sentiva il ringhio bonario di Lepe, impegnato a cacciare i topolini nei Campi Elisi.

Mia madre torna distesa su una lettiga trasportata da quattro ufficiali tedeschi. Gli stessi uomini che avevano minato la villa prima di fuggire verso il Nord Italia stavolta sono in punizione: devono raccogliere le cacche dell'esuberante Kanato della loro Signora. Battendo gli stivali al passo dell'oca discendono in pompa magna vico del Fieno, anche se sfilerebbero meglio da vico della Neve, ma va bene uguale. L'infantile felicità di un pianto di gioia mi invade. Ha un peplo intessuto di fili d'oro, mia madre, e un turbante di voile su cui baluginа un diadema sfolgorante. La lettiga s'arresta davanti alle vetrine della boutique per signora Zia Luisa. Ella si specchia. Uno strabiliante corteo di cani la segue: è un esercito incommensurabile, non ci sono precedenti a un siffatto spettacolo. Quanti sono? In preda all'agitazione, mi scapicollo per le scale, irrompo nella piazza.

S'avanza fra la muta dei cagnoli una piccola donna, con la mantella di loden strappata, coperta di polvere e brandelli di intonaco. È la Frò, appena risorta dalle macerie del *béguinage* di Monaco di Baviera. Nonostante le rovine del tempo, appare forte e numinosa. Improvvisandosi araldo, legge il decreto della mia investitura, acciocché tutta la città di Genova ne sia informata. Seguono tre squilli di tromba.

«Cara figlia, la mia severità verso di te mi appagava. Potevo amare fino in fondo solo me stessa e per questo ho fatto di te un *Bildungsroman* vivente, in modo che tu divenissi me, digiuni inclusi. Forse ai tempi della tua giovinezza non potevi capirmi, ma io sono sempre stata certa che ciò sarebbe accaduto al momento giusto, ed è accaduto: mi hai restituito a me stessa. Hai superato spazi oscuri che io non sono stata in grado di vedere, perché per me è sempre stato mezzogiorno, quando il sole è allo zenit e il corpo non ha ombra. So che la tua fame continua, ma non è quella di Simone Weil, non ti porterà alla consunzione; per contro, ti condurrà a un'inesausta fame di amore che nessun cibo terreno potrà mai veramente appagare. Sono stata una donna coraggiosa in mille frangenti della mia storia e per tutta la vita. Tuttavia il mio vero coraggio sei stata tu».

Mia madre mi nomina seduta stante codiera maxima: acconciatrice di code canine. Le code sono l'orgoglio dei cani e io ne sarò la custode. Uno degli ufficiali mi porge il cuscino sul quale sono graziosamente adagiati un pettine d'oro, una spazzolina, una forbice, un ditale, un rocchetto di filo e un ago: gli aurei strumenti del mio alto ufficio. Sono stata chiamata a rammendare le code imbruttite e spelate dal tempo dei cani defunti da anni. Un compito arduo: non so da dove cominciare. Sono circondata da code semplici, code pocopelo, code piumose, code mozze, code arricciolate ma sricciolabili, code arricciolate strette e pertanto insricciolabili come le codeline a girella dei carlini. Ci sono codette, codine, codinzoli e codoni. Ah! I codoni nella variante codeloni sono i miei preferiti. Vi sono codoni frusta come quelli dei segugi e le code a serpetto magico degli shar pei. Code oscillanti, code scopetto, code spazzolina, code boa, code catturapolvere, code gonfie adagiate sul dorso come quella dello shiba inu. Code che c'erano e sono sparite, mozzate fin quasi alla radice, code a bottone dei pinscher e bulldog francesi, code a turacciolo, code speranzose, codine a spago, code tigrine. E tutte si agitano e mi salutano festanti. È un vorticare di code rotanti a girandola: significano eccita-

163

zione gioiosa; ma vedo anche code di mera cortesia, code di annoiato distacco, di sufficienza, persino di disappunto, in genere semimosce e devitalizzate. Cani di tutte le razze, cagnetti, cagnoli, cagnolini, canettacci, canetti, canettini santi, cuccioli, cucciolini, cani da pagliaio, cani della Cina, della Siberia, del Tibet, di Terranova, delle Indie Orientali, di Sumatra, d'Australia, grifonetti e una pletora di king charles. E bassottacci tedeschi a pelo ruvido con il mantello color cinghiale scuro, però anche a pelo liscio, in versione marmorizzata. Una legione di carlini coi musetti incartapecoriti, senza naso, i faccini neri. Agitatissimi. Eleganti pastori tedeschi dall'incedere quasi felino, barboncini e lagottoni. Barboni giganti tolettati come giardini all'italiana e minuscoli chihuahua rompizebedei.

Fra un'acconciatura e un rammendo di fino i codoni non finiscono più, ne giungono sempre di nuovi da restaurare. Mia madre dice che deve andarsene, tornare da dove è venuta. Torna nel Paradiso dei cani. Lì vivono tutti insieme, lei e la legione dei cani morti: i suoi, quelli di famiglia e dei conoscenti, ma anche tutti i cani del mondo, i cagnolini santi, ad eccezione di uno: il brutto Nikko di Tony Faldella. Il tristo, ad onta del protocollo canino per cui un adulto non farà mai del male a un cuccioletto, assalì un giorno Leporì bambino. La mamma rincasò inferocita, a passo di carica su per il buco di Canale Vecchio; la gonna svolazzante, malediceva Nikko il criminale, primitivo esemplare di jack russell. Lanciava anatemi in tedesco. Era talmente offesa e desiderosa di esemplare vendetta che decidemmo di preparare una polpetta avvelenata per il malnato. Quel pomeriggio andai a comprare del veleno per topi, ma per quanto vagassi non riuscii a trovare del vitellone macinato adeguato alla trista bisogna.

Il tempo comincia a correre veloce; non resta che accettare quel che mi attende, non ci sono più scuse che mi impediscano di credere e capire. Mia madre se ne va. I canettacci, *Raus!*, al seguito, si incolonnano, disponendosi secondo un ordine di marcia che vede in prima fila racchietti e racchi, a seguire quelli di taglia media; chiudono il corteo lupoidi e molossoidi. Prima di accomiatarsi per sempre, Raffaella – consapevole più di chiunque del nostro essere foglioline che galleggiano oziose sul fiume di molteplici vite, e di quanto sia essenziale saper guardare a quello che viene come se fosse già irrimediabilmente passato – dichiara che nella vita bisogna vegliare i morti sedendo in una stanza vicina a loro con la finestra aperta, non ai piedi del letto come usano i plebei. Nella vita non basta avere ricordi, bisogna saperli dimenticare, se sono molti. Dice la mamma che bisogna aspettare pazientemente che ritornino. Alla fine i ricordi fanno capolino e restituiscono antiche gioie, profumi di buono, immagini di cespugli di peonie e roseti in fiore, rumori familiari come quello della mattonella ottagonale, fra lo studio e la camera da pranzo della villa, che faceva clic-cloc. Dice mia madre che talora, nell'attesa dei ricordi, caso o destino mi obbligheranno a cadere in letargo. Che io abbia il buonsenso di rincantucciarmi in una tana tappezzata di festuche e avanzi di lana invece di prendere le cose di petto, come ho sempre fatto. Che stia attenta a non compiere l'errore di quei porcospini troppo magri che d'estate, per colpa dei diserbanti, non avevano mangiato a sufficienza, e si addormentarono pesando meno di mezzo chilo. Per non ridestarsi mai più. La mamma si raccomanda di pesare più di mezzo chilo. Che mi metta all'ingrasso, pertanto. Infine sussurra:

«Sono tua madre, tu sei mia figlia».

Sono felice che tu lo abbia detto. Sono fiera di essere tua figlia.

Si avvia ondeggiando la lettiga con sopra la signora vestita d'oro. I cani imboccano vico della Neve spintonandosi l'un l'altro mentre arrancano, quindi s'ingolfano nella strettoia fra il Palazzo del Melograno e la casa bombardata dell'hamman, ribaltando i cassonetti e strusciando i fianchi magri contro i muri. È un flusso di code festanti, nei toni del marron e del giallo paglierino. Inforco il binocolo da teatro prima al contrario, poi per il verso giusto, e li vedo per l'ultima volta. Ci sono proprio tutti: la Gigia, Valdi la bassottina del nonno, Pipìa, Otello, Natalino, Spottino Mauceri, Anselmino Mauceri, Ginny Mauceri, il cane nero del macellaio di Canale di cui non mi ricordo il nome perché nome non aveva, la Lilla della Moretta e Pierino, la Sofia Bartella, la Marghe Misaggi, piccola shar pei dall'inusitato mantello sale e pepe, la squadra al completo dei cagnolini di Peggy Guggenheim guidata da Cappuccino, Taro Ottino che prendeva l'autobus da solo a Corvetto, andava fino a piazza Manin e poi tornava indietro, Chicchino dei conti Chevallard a cui mancava un pezzo di coda rimasta nella porta dell'ascensore, Lilla Robbiano, la cagnolina che beata mi sorrideva. La lupona Frieda, dall'ambio strascicato per colpa dell'impallinatura dei bifolchi, chiude il corteo. Mi saluta con un sorriso stanco, la bella pastora tedesca. Il nonno, davanti ai miei occhi di bambina, uccise Frieda con il revolver, amareggiato dal non poterla condurre con sé in una dolorosa vita da indigente. E infine Orsetto Provani, sepolto nel giardino della villa anche se non era né mai sarebbe stato uno dei nostri cani. Ma qui tutto è ormai perdonato.

A un tratto so che non c'è più tempo, che non ho parlato con mia madre, che non le ho detto tutto quello che avrei voluto dirle; e, peggio ancora, mi dolgo di non essere stata capace di rispondere con parole umane al richiamo d'amore per cui lei e i suoi cani sono tornati dall'aldilà. Che è troppo tardi per dire: «Grazie, madre, per essere stata roccia nella mia argilla», per gridare: «Mamma, ti voglio bene».

Tuttavia mia madre lo ha inteso benissimo, questa volta.

STAMPATO DAL CONSORZIO ARTIGIANO « L.V.G. » - AZZATE
NEL DICEMBRE 2015

FABULA